장미 창

장미 창

초판 1쇄 발행일 1998년 12월 8일 | 개정판 1쇄 발행일 2011년 7월 12일

지은이 윤대녕 | 펴낸이 박진숙 | 펴낸곳 작가정신

주소 121-250 서울시 마포구 성산동 49-9 신한빌딩 5층

전화 (02)335-2854 | 팩스 (02)335-2855 | 이메일 editor@jakka.co.kr

홈페이지 www.jakka.co.kr | 출판등록 1987년 11월 14일 제1-537호

ISBN 978-89-7288-398-2 04810

978-89-7288-397-5 (세트)

장미창

윤대녕

작가정신

작가의 말

소설에도 나오지만 '장미 창'은 노트르담 대성당의 스테인드글라스를 일컫는 말이다. 1997년 여름 나는 파리를 여행하고 있었다. 그러나 유럽의 요란한 햇빛도 건축도 내게는 오로지 권태와 추상과 피로일 뿐이었다.

'장미 창'을 보고 나서 나는 어떤 이를 만나러 이탈리아의 로마로 가는 길에 베네치아에 잠시 들렀다. 그리고 산타루치아 역에서 로마와의 짧은 통화. 아득한 피로 속에서 수화기에서 울려나오는 목소리의 기묘한 울림에 몸을 맡기고 서 있는 순간에 그리고 나는 문득 파리의 '장미 창'을 떠올리고 있었다.

이틀 후 나는 로마로 가는 것을 포기하고 베네치아에서 다시 파리로 돌아왔다. 그냥 그대로가 어쩌면 예정된 행로였을 것이다. 어떤 풍경도 사람도 그때 내게는 실체가 아니었다. 다만 나는 생의 한가운데를 비틀비틀 지나며 우연히 어두한 사원에 발을 들여놓았던 것이고 마침 밖에서 햇빛이 각도를 틀면서 지나가는 것을 거대한 장미꽃 속에 숨어 잠시 지켜보고 있었을 뿐이었다. 그리고 거기에는 불행히도 다른 이의 실체가 존재할 자리가 없었다. 실은 우리 삶의 자리가 고작 그러하듯이.

한데 그때 로마로 가지 않은 것이, 지금에 와서도, 과연 옳은 일이었을까? 아니면 또 무얼 크게 잊거나 잃은 일은 아니었을까? 이 소설은 그 질문에 해당하는 이야기다.

윤대녕

차례

어쩌면 그 여자였는지 모른다.

노트르담 성당 안에서 본 그 검은 옷의 여자. 처음엔 일본인이라 생각했지만 선글라스를 끼고 있었으므로 꼭이 그렇다고 단정할 수는 없었다. 그녀는 성당의 안쪽 벽면에 나 있는 장미의 창을 올려다보고 있었다.

하지만 그녀는 지금 이탈리아를 여행 중이라고 했다. 오 일 후에 나는 베네치아의 산타루치아 역 앞에서 그녀와 만나기로 돼 있었다. 그녀는 〈베니스 비엔날레〉를 관람하기 위해 그때 그곳에 가 있겠다고 했다.

그래, 그럴 리 없지. 그녀가 지금 파리에 있을 리가

없지.

에어프랑스를 타고 나는 오후 5시 30분에 드골 공항에 내려 출국심사대 옆에 있는 커피숍에서 그녀를 기다리고 있었다. 서울로부터 약 열두 시간이 걸린 긴 비행이었다. 내 앞좌석에는 머리가 유난히 흰 신사가 타고 있었다. 나중에 말이 통해 들으니 그는 혼자 북유럽으로 가고 있는 중이라고 했다. 문득문득 허리가 아파 잠에서 깨어날 때마다 나는 그의 뒤통수를 쳐다보며 언젠가는 나도 저리 늙어 혼자 먼 곳을 떠돌아다니며 살 거라는 쓸쓸한 생각에 사로잡혀 있었다. 그리고 파리에 도착하면 만나게 될 낯모르는 여자에 대한 생각.

한 달 혹은 두 달에 한 번 그녀는 서울의 내 집으로 파리에서 편지를 부쳐오곤 했다. 그녀는 팔 년째 파리에 살고 있다고 했다. 스테인드글라스를 전공한다는 말을 건너건너 들었다. 나이는 정확히 알 수 없지만 아마 서른두세 살쯤일 거라고 짐작하고 있다.

정윤鄭允. 1995년 12월에 그녀는 서울에 왔다가 나를 만났다고 했다. 일 년여 전에 잘못 전해진 것처럼 불쑥 배달된 첫 편지에다 그녀는 그렇게 적고 있었다. 말하자면 그녀는 나를 만나고 나서 일 년 뒤에나 소식을 전해온 것이었다. 한데 중요한 것은 내가 그녀를 전혀 기억하지 못하고 있다는 사실이었다. 그녀의 말에 따르면 이러구러한 작자들이 모여 날밤을 새우는 망년회 자리에서 나를 보았다는 얘기였다. 망년회라는 게 흔히 복잡한 때를 피한다고 일찌감치 12월 중순부터 시작해 거의 하루 걸러 치러지는 게 다반사고 또 날짜를 놓치게 되면 신년회라는 얼토당토않은 이름까지 갖다붙여 이듬해 1월 초순까지 계속되는 것이고 보면 언제 어디서 그녀를 만났는지를 기억해내기란 사실상 힘들었다. 그런데다 그런 어수선한 자리엔 으레 불청객인 사람들까지 섞이게 마련이어서 다음날 집 앞 신호등 앞에서 만나도 몰라보기가 십상인 것이다.

아무려나 그녀가 부쳐온 편지 내용을 요약하자면 언제 파리에 오게 되면 분명 꼭 한번 연락을 줄 수 없겠느냐는 것이었다. 덧붙여 끝에다 자신이 살고 있는 라데팡스의 주소와 전화번호를 당구장 표시까지 해서 적어놓고 있었다. 몇 번 고개를 갸우뚱거리다 나는 책꽂이 어디에다 편지를 꽂아둔 채 곧 그 사실을 잊어버리고 말았다.

그런데 가끔 그 편지가 머릿속에 떠오르는 때가 있었다. 편지에 씌어 있는 무슨무슨 말 때문이었을 것이다. 나중에야 책꽂이 어디에서 다시 편지를 꺼내 나는 그 미늘 같은 말을 찾아냈다.

분명 꼭 한번, 이라고 그녀는 간곡하게 적어놓고 있었다. 나로서는 기억도 못 하고 있는 일이었지만 아무튼 만난 지 일 년이나 흐른 뒤에 그녀는 새삼스럽게 왜 내게 그런 편지를 보내온 것일까. 글쎄, 사람이란 앞에 더 이상 누가 보이지 않으면 뒤를 돌아보기도 하는 것이리라. 그리하여 편지를 받은 지 두 달이 지난 후에 그것도 몇 번이나 우물쭈물 망설이다가 나는 그녀에게 이런 짤막한 답신을 보냈다.

그럴까요. 그 아주 언제 파리에 가게 되면 거기 당구장으로 분명 꼭 한번 전화 넣지요. 그게 무슨 어려운 일이라고 이래 답신을 적는 데 새삼 수 개월이 걸렸습니다. 객지임에 자주 마음 살펴살펴 부디 함자처럼 내내 미쁘시기 바라나이다.

다소 객기가 뒤섞인 듯한 편지를 써놓고도 보름 후에나 나는 납기후 고지서를 처리하는 심정으로 우체국에 가서 편지를 던지고 돌아왔다. 그러고 나서 그깟 답장을 기다렸을 리 만무했다. 나이를 먹다보면 별별 일이 다 생기게 마련인데 그때마다 신경을 곤두세우면 뇌수의 실핏줄이 다 터져버릴 터이다. 그나마 내게 얼마간의 정리벽이 없었다면 대꾸를 염두에 둘 사안조차 아니었던 것이다.

한 달 후 뜻밖에도 그녀로부터 답장 형식의 편지가 도착했다. 그때는 봉투를 뜯는 기분이 전과는 퍽이나 달랐다. 만년필 글씨로 그녀는 이렇게 공들여 적고 있었다.

어쩌지요. 설마설마 했는데 그예 기억하고 계셨군

요. 그날의 그 나빴던 일 말예요. 저는 선생님께서 그 일을 잊었길 바라며 그걸 확인하려는 삿된 심정으로 편신을 보냈던 걸 거예요. 그러고 나서 그런 속내마저 감쪽같이 숨기고 있었으니 저도 참 어지간히 교활한 여잡니다. 그런데 정말 미구에 파리에 오실 작정인가요?

그날의 그 나빴던 일. 그로부터 이 말이 뒤통수에 껌처럼 달라붙어 당최 떨어지지 않았다. 그 겨울에 낯도 모르는 그녀와의 사이에 도대체 무슨 일이 있었던 것일까. 혹시혹시 하며 나는 낯이 벌게지도록 온갖 희미한 기억들의 꼬리를 좇고 있었다. 그리고 며칠 후에야 나는 그 나빴던 일을 가까스로 기억해냈다. 하지만 그게 꼭 그녀와의 사이에 벌어진 일이라고 단정할 수는 없었다. 어쩌다, 나도 모르게, 그냥 서로가 한 번쯤 그럴 수 있는 것처럼 후딱 그 순간은 지나가버렸고 날이 밝아왔을 때는 상대가 누구라는 것조차 짐작할 수 없는 상황이었다. 물론 그 일이 있고 나서 나는 상대를 찾지도 않았고 또 그런다고 해서 찾아질 리도 없었을 터였다.

그래, 망년회 자리였다. 살다보니 어찌어찌 해서 알게 된 이들이 모이는 자리였는데 가끔 급한 일이 생기면 전화를 걸어 그런저런 부탁을 할 수 있는 정도의 관계를 유지하고 있는 사람들이었다. 물론 거기엔 저쪽에 일이 생기는 경우 이쪽에서 봐주겠다는 식의 암묵적인 조건이 숨어 있었다. 하지만 여러 번 만나다보니 친분이란 게 분명히 생겨 있었으며 어쩌다 우연찮게 알게 되는 상대의 약점을 눈감아주기도 하는 일종의 유대가 형성돼 있었다. 터놓고 얘기하면 각자 가면을 벗어놓고 만나도 별 탈이 없을 사람들이었다.

거기엔 대학 때 일찌감치 사시에 패스해 강남에 오십 평짜리 사무실을 가지고 있는 변호사가 있었고 몇 년 전에 서울 변두리에 병원을 개업해 올해로 은행빚을 다 갚게 되었다는 치과의사와 미국에서 오 년 동안이나 그림을 공부하고 재작년에 돌아왔으나 좀처럼 국내 화단에 적응을 못 하고 있는 드라이플라워 같은 여류화가와 또 모 신문사에서 음악 담당을 하는 기자와 외국 항공사에 근무하는 내 친구와 그 친구의 소개로 모임에 발을 들여놓게 된 나—오랫동안 지방 대학을 떠돌다 올 가을학기에 서울에 있는 대학에 간신히 전임 자리를 구한—같은 사람들이 속해 있었다. 모임 장소는 신촌에 있는 레드 제플린이라는 카페였는데 그 주인 역시 멤버 중의 하나로 이십 대에는 가수가 되려고 무던히 애를 썼다는 얘기를 들었다. 그러다 결국 음반 한 장 못 내고 결혼 후 곧장 미국으로 가서 영주권을 받은 다음 슈퍼마켓을 해서 돈을 모아 삼 년 전에 꽤 괜찮은 오디오 시스템을 챙겨가지고 귀국해 주로 70년대 음악을 들려주는 술집을 열었다고 했다. 그날은 물론 당일 휴업이란 간판을 밖에 내걸고 있었다.

모임 시간은 저녁 9시였으나 으레 그렇듯이 몇 사람은 어디선가 전작을 하고 뒤늦게 도착했다. 그리고 낯선 두어 명의 여류가 더 끼어 있었는데 그들은 아직도 연애에 미련이 남은 친구들이 아내 몰래 밖에서 만나고 있는 신원이 불분명한 여자들이었다. 또한 수시로

얼굴들이 바뀌어 당최 낯을 익힐 기회가 없는 여자들이기도 했다.

이들은 9시부터 긴 직사각형의 테이블 하나에 모두 둘러앉아 아예 박스째로 맥주와 양주를 갖다놓고 다음 날 새벽까지 통음을 했던 걸로 기억한다. 누군가 분위기를 잡는다고 카페 안의 불을 꺼버리고 드문드문 촛불을 세워놔 마치 유령들이 모여 밤샘을 하고 있는 성싶기도 했다. 그런데다 그 잘난 오디오에서는 정훈희나 임희숙 류의 노래들이 때로는 하드록에 클래식까지 범벅이 되어 쏟아져나와 줄창 귀를 때려대고 있었다. 그러다보니 누가 누구고 어떤 작자와 무슨 얘기를 나눴는지조차 나중엔 기억날 리 없었다. 자정께가 되자 그새 술에 곯아 벽에 기대 졸고 있는 친구가 있는가 하면 초면인 여자 중의 하나가 화장실에서 토하고 나와 갑자기 통곡을 하는 바람에 옆엣사람이 애매하게 등을 두드려대는 일도 벌어지고 있었다.

아무튼 새벽 한두 시가 되니 이것저것 섞어넣고 끓이는 잡탕밥 그릇처럼 분위기가 변해 치과의사가 기자의 여자로 짐작되는 라면머리를 스스럼없이 껴안고 입을 맞추는 진기한 풍경까지 동공에 비쳐들어 왔는데 기자 녀석은 그것을 보면서도 뭐가 그리 좋은지 마냥 히죽거리고 있었다. 하지만 기왕에 밤샘을 작정하고 만난 날이어서 자리는 쉽게 파할 분위기가 아니었다. 새벽 어스름까지 퍼마시다가 근처 해장국집에서 쓰린 속을 달랜 다음 사우나탕까지 몰려가서 흩어질 게 뻔했다.

그녀가 온 것은 새벽 1시가 좀 지나서였을 것이다. 어지간히들 취기가 올라 자세가 흐트러져 있을 무렵이었다. 스피커에선 이미밴가 김추자가 흘러나오고 있었던가. 아무도 그녀가 밖에서 노크하는 소리를 듣지 못하고 있었다. 그래도 제 집이라 귀가 뚫려 있었던지 카페 주인이 머리를 갸우뚱거리며 출입문으로 다가갔다. 그때도 그쪽을 쳐다보는 사람은 아무도 없었다. 뮤직박스에 들어가 판을 고르고 있다가 나는 얼굴에 마후라를 둘둘 감은 여자가 안으로 들어서는 것을 무심히 지켜보고 있었다.

입구에 서서 그녀는 옷에 묻은 눈을 탁탁 털어내더니 턱을 치켜들고 잠시 컴컴한 실내를 두리번거렸다. 누가 불러서 오긴 온 모양이었다. 낯가림이 심한 듯 그녀는 주춤주춤 탁자로 다가와 핸드백을 아랫배에 대고 치과의사와 변호사 사이에 데면하게 끼어 앉았다. 그렇다고 두 사람 중의 하나를 찾아왔다고 단정하기는 힘든 분위기였다.

낯선 사람이 나타나자 금세 이쪽저쪽에서 여자 앞으로 술잔들이 몰려들었다. 그와 동시에 혀가 꼬부라진 소리로 수인사를 하자고 사내 서넛이 대드는 바람에 여자는 매우 당황하고 있었다. 이삼십 분이 지나자 그녀는 겨우 어깨를 풀고 제법 고개를 끄덕이기도 하고 때로 웃기도 하면서 제자리를 찾아갔다. 나로서는 그녀가 누구인지 알 리 없었다. 자리가 끝날 때까지 옆에 앉을 기회가 없었으니 말이다. 기껏해야 내 왼쪽 건너 건너 의자에 그녀가 앉아 있었던 걸로 기억한다.

그렇게 건너건너 오는 식으로 그 여자가 하는 말을

몇 마디 엿들었다.

“열한 살 때 말을 잃고 스물이 돼서야 다시 입이 터졌어요.”

그러한가. 부모의 이혼 때문이었다는 말이 얼마 뒤에 끊어질 듯 귓전에 와닿았다.

“첫 남자를 만나 입이 터졌죠. 그 남자와 헤어진 뒤 대학을 졸업하고 파리에 가서 지금 육 년째 거기 있어요.”

“남자와 헤어지고 다시 입이 막혔나요?”

“일 년 정도는 아무하고도 말할 기회가 없었으니 저도 모르겠어요. 방 안에만 혼자 처박혀 있었으니까요. 프랑스어도 못할 때여서 어디 볼일이 있으면 종이에 써들고 갔죠.”

그녀는 스테인드글라스를 전공하고 있다고 했다. 또 연말연시를 이용해 잠시 한국에 들어와 있는 중이라고 덧붙였다. 스테인드글라스라. 흔찮은 걸 하고 있군. 터무니없이 이런 생각을 하는 동안에 옆에서 건너오던 말이 툭 끊어져 더 이상 나는 그 여자의 얘기를 들을 수가 없었다. 다만 그녀의 가까이에 앉아 있던 누군가가 얼마 후 화장실에 들어갔다 나와 이렇게 떠드는 소리를 얼핏 스쳐 듣고 있었다.

"어, 여기 화장실 창문이 스테인드글라스로 돼 있잖아. 거 참, 되게 묘하네."

그 순간 이후로 그 여자를 본 일이 없다.

그런데 그날 새벽에 내게 이런 일이 있었다. 양주와 맥주에 폭탄주까지 뒤섞어 먹은 탓으로 눈엔 침침한 안개가 낀 상태였고 귀도 주파수를 잘못 맞춘 라디오처럼 반쯤은 고막이 뭉개져 있을 때였다. 게다가 혀끝이 굳어 내가 하고 있는 말이 상대에게 잘 전달되고 있는지조차 모를 즈음이었다. 술에 취하면 급격히 동작이 줄어드는 체질인 나는 스님처럼 앉아 술잔만 들었다 놨다 하고 있었다. 그때 누군가의 술병 든 손이 내 얼굴 앞에 와 멈췄다. 손톱에 하늘색 매니큐어를 칠한 손이었다.

"제가 한 잔 따라드릴까요?"

나는 옆을 돌아보지 않은 채 빈 잔을 내밀었다. 흉하게 일그러진 얼굴을 들이대는 게 싫었던 것이다. 맨정신인 상태에서도 나는 좀처럼 상대의 눈을 마주 보고 얘기하는 스타일이 아니다. 그래서 거만하다는 소리를 가끔 듣기도 하지만 어려서부터 굳어진 습관이라 쉽게 고쳐지지가 않았다. 아직 취하지 않은 듯 그녀의 목소리에서 묘한 탄력이 느껴졌다.

"전임 됐다면서요? 축하해요."

언제 적 일인데 새삼스럽게 또 그 얘기를 들추는 것일까. 지난가을에 이미 그 건으로 술자리까지 한 일이 있지 않은가.

"선생님을 누가 무사武士라고 그러던데요. 무슨 뜻이냐니깐 직접 가서 물어보라고 하더군요. 뭐 대충 듣긴 했지만요."

무사? 아, 무사. 그건 재작년 가을엔가 어떤 여자와 헤어지면서 내가 그녀에게 국화와 칼을 사주며 집에 들어가 할복하라고 한 데서 붙여진 별명이었다. 화랑에서 큐레이터를 하고 있는 여자였는데 어머니는 일본

사람이고 아버지는 한국 사람인 혼혈이었다. 일본 피가 섞여서인지 하필 나와 친척뻘이 되는 놈과 여관에서 나오는 걸 보고 도저히 참을 수가 없어 대낮의 인사동에서 그것도 길바닥에서 저지른 짓이었다. 어떤 작자가 일러바쳤는지 모르지만 지금으로선 별로 기억하고 싶지도 않는 일이었다.

"가을 저녁에 방을 정갈하게 치우고 국화 화병이 놓인 거울 앞에 앉아 있으면 아닌 게 아니라 불현듯 할복하고 싶은 생각이 들기도 하죠. 그게 연애 때문이라면 더욱 그럴듯하지 않아요?"

대충이 아니라 누구한테 죄 듣고 쫓아온 게 틀림없었다.

"그래서 아까부터 그렇게 싸움에서 지고 돌아온 무사처럼 앉아 있었군요."

제기랄. 한술 더 떠 아예 나를 말아먹을 작정인 모양이었다.

"그런데 그건 너무 일본풍 아녜요?"

이런 경우는 대개 비아냥거리는 소리이므로 나는 입

을 꾹 다문 채 술잔만 빙글빙글 돌리고 있었다. 맞은편에 앉아 있는 낯선 여자까지 하필 이쪽 얘기에 골똘히 귀를 기울이고 있었다. 무사 운운했던 옆의 여자가 저도 한잔 줘야죠, 하는 바람에 나는 들고 있던 양주잔을 비우고 그녀에게 내밀었다.

"하지만 그 정도라도 대단한 거예요. 그만한 고전적 작품이 요새 어디 흔한가요."

고전적 작품? 웃기고 있네.

"흰 사기 사발에 제 피를 받아 마시며 해야 하는 그런 사랑. 저도 문득 하고 싶어지네요."

갈수록 가관이었다. 누가 요즘 제 피까지 받아 먹으며 사랑을 하려고 든단 말인가. 빈 술잔이 내게로 다시 돌아왔다. 그녀 손가락이 그새 마비가 된 듯 섬세한 움직임을 잃고 있었다. 하지만 말 발음만큼은 여전히 탄력을 유지한 채 입술 밖으로 새나오고 있었다.

"처녀 적엔 저도 한 지방에서 혼자 젖통을 내놓고 고요히 숨을 멈추고자 한 적이 있었죠. 생生으로 죽고 싶어서 말예요."

처녀 적에 무슨 사연이 있었던 모양이었다. 누군가 궁금해 슬쩍 돌아보고 싶었지만 하필 젖통이란 말이 튀어나와 나는 고개를 도로 바로잡았다. 그러고 나서 몇 번 더 술잔이 오갔고 급기야 여자의 몸이 슬슬 풀어져 내 어깨에 와닿았다. 머리칼이 내 목덜미에 잠깐씩 쓸릴 때마다 한편으론 감미롭기도 하고 한순간은 아랫도리가 번쩍 흉해지기도 했다. 한데 어느 때던가, 이런 말이 귓속으로 냅다 튀어들어 왔다.

"근데 사람 참 안 쳐다보네요. 그게 버릇이에요, 육갑이에요?"

그러고는 미처 돌아볼 틈도 없이 대뜸 그녀의 손이 테이블 밑을 지나 내 바지 가랑이로 옮겨왔다. 화닥닥 놀라 반사적으로 손을 치우려는데 그녀가 내 성기를 꽉 붙들고 숨차 하는 소리로 조용히 외쳤다.

"가만 있어요, 무사 양반. 그냥 잡고만 있을 테니까 말예요."

얼결에 돌아보니 그녀는 등을 보이고 옆엣사람에게 태연히 말을 건네고 있는 중이었다.

"지금까지 당신 남의 이빨을 몇 개나 뽑아냈어요? 그중에 살릴 수도 있는 걸 빼낸 건 혹시 없어요? 따지자는 게 아니고 그렇게 당한 적이 있어서 한번 물어보는 거예요."

그 말을 듣고 나서야 나는 그녀가 취했다는 걸 깨달았다. 테이블 아래에서 슬그머니 손을 떼어내려고 하자 그녀가 아귀에 힘을 더했다. 취중에도 아파서 견디기가 힘들 정도였다. 할 수 없이 내가 손을 놓자 그녀도 힘을 적당히 풀어놓았다. 이 무슨 꼴이란 말인가. 성性이 무엇이고 성기가 무엇인지 알 만한 나이였길래 망정이지 안 그랬으면 벌써 테이블이 엎어지고 따귀가 올라갔을 상황이었다. 그녀를 이해하고 있었다는 뜻은 아니라 경험이 없지 않은 내 성기가 그나마 버텨주고 있었다는 말이었다.

그로부터 약 삼십 분이 지나서 그 일이 벌어졌다. 그때껏 그녀는 내 성기를 붙들고 앉아 있었고 급기야 화장실에 가고 싶어져 나는 사정이라도 하듯 그녀에게 귓속말로 오줌이 마렵다고 솔직히 말했다. 그녀는 치과의사와 논쟁도 언쟁도 아닌 말씨름을 지루하게 계속하고 있는 중이었다. 간신히 그녀의 손에서 풀려나 나는 허리춤을 추스르며 남녀 공용으로 쓰이는 뮤직박스 옆의 화장실로 급히 들어가 눈을 억지로 비벼 뜨고 사기 변기에 오줌을 퉁기고 있었다. 한데 미처 볼일이 다 끝나기도 전에 화장실의 불이 갑자기 나가버렸다. 아니 불이 나간 게 아니다. 누군가 뒤따라 들어와 불을 내리고 화장실 손잡이에 달린 코크를 누르는 소리가 들려왔던 것이다. 그게 여자라는 걸 나는 본능적으로 알아차렸다.

어둠 속에서 그 여자가 비틀비틀 내게로 다가왔다. 다가와 밀어낼 틈도 없이 앞단추를 따고 젖통을 내놓더니 미처 허리춤을 채우지 못한 내 아래를 손으로 더듬었다. 동시에 다른 한손으로 내 허리를 잡아당기며 거침없이 속삭였다.

"해줘요."

"누구야!"

나는 그녀의 머리 너머로 희끄무레한 빛에 드러나 있는 스테인드글라스의 창문을 엿보고 있었다. 허나 그 빛으로는 상대가 누군지를 알아보기가 도저히 힘들었다.

"진작에 할복하지 못한 여자예요. 그래서 이렇게 창녀처럼 굴고 있잖아."

"떨어져!"

"잠깐이면 되잖아, 무사 나리. 지금 이대로 나가면 나는 그야말로 창녀도 못 돼."

"역시 당신인가?"

다시금 그녀의 손에 성기가 잡힌 채로 나는 그렇게 다그쳐 물었다. 정욕인지 외로움인지 모를 감정에 바들바들 떨며 그녀가 동문서답으로 대꾸해왔다.

"당신이 진짜 무사라면 칼로 사람을 한번 살려봐."

"그럼 호텔로 가지. 비행기 안이라면 몰라도 여긴 되게 싫어."

그녀가 학학거리며 대들었다.

"그럴 거였으면 진작에 청했을 거예요. 꼭 내 면상을

벗겨야 속이 시원하겠어요?"

그러고 나서 곧바로 여자의 한쪽 다리가 번쩍 들려지더니 허벅지의 안쪽 끝이 성기에 와닿았다. 그리고 그녀가 두 팔로 내 허리를 힘껏 잡아끌자 안으로 성기가 푹 미끄러져 들어갔다.

오 분쯤이 경과됐을 것이다. 암만해도 밖이 신경 쓰여 오래 끌 수도 없는 상황이었다. 여자는 으, 하고 제풀에 신음을 토해내더니 곧 치마를 탁탁 털어내리고 머리칼을 쓰다듬어 올리고 먼저 밖으로 사라졌다. 문 앞에서 잠깐 뒤를 돌아보고 그녀는 이쪽을 향해 뭐라 말하려는 듯했으나 곧 그대로 나가버렸다.

아까 앉았던 곳으로 돌아오니 어찌 된 일인지 맞은편에 있던 여자가 옆에 와 앉아 있고 옆에 있던 여자는 어디로 갔는지 눈에 보이지 않았다. 아니 눈앞에 있었어도 제대로 알아보지 못했을 터이었다. 하늘색 매니큐어를 찾아내면 될 거였지만 거기 너댓 명 남아 있는 여자들의 손톱을 일일이 검사하고 다닐 수도 없는 노릇이었다.

새벽 3시가 되자 여자 두엇이 먼저 일어났는데 그중의 하나는 치과의사와 눈이 맞아 호텔로 가는 모양이었고 남아 있던 두 여자는 머리가 헝클어진 채 끝끝내 버티고 앉아 남자들과 열심히 무슨 얘긴가를 주고받고 있었다. 그러나 화장실에서 만났던 여자는 이미 그 자리에 없다는 느낌이 들었다.

그래. 자리가 파할 때 보니 남아 있던 여자 중에 하늘색 매니큐어는 없었다. 일행은 저마다 탁자 위에 벗어놓았던 가면들을 슬그머니 찾아 쓰고 날이 다 밝은 뒤에야 그곳을 빠져나와 8시에 해장국집 앞에서 뿔뿔이 흩어졌다.

그날 새벽에 나는 과연 누구와 정사를 벌였던 것일까. 정사? 그래, 정사지. 옆에 앉아 있던 여자였을까, 아니면 맞은편에 앉아 줄곧 이쪽 얘기에 귀를 기울이고 있던 여자였을까. 그리고 그녀는 언제 카페에서 슬쩍 사라져버린 것일까.

그로부터 며칠 동안 머릿속이 온통 어수선했으나 시간이 지나면서 나는 차츰차츰 그 일을 잊어갔다. 어느 눈 내리는 새벽의 한갓 기묘한 꿈이었던 양.

나와 관계를 맺은 여자가 정윤이라는 것을 확인한 바는 없었다. 다만 그날 카페에 가장 늦게 도착했던 스테인드글라스를 전공한다던 여자가 바로 그녀라는 사실만 편지를 통해 우회적으로 알아냈을 뿐이었다. 그 후 부쳐져 오는 편지의 말미에다 그녀는 매번, 파리엔 언제 오나요? 라는 말을 적어놓고 있었다.

서울을 떠나기 이틀 전 나는 그녀에게 전화를 걸었다. 일찌감치 간다는 편지를 써보내긴 했으나 짐을 꾸리다보니 최소한의 확인이 필요하다는 생각이 들었던 때문이었다. 전화를 받은 건 허스키한 목소리의 삼십대 중반으로 짐작되는 여자였다. 정윤은 자고 있었다. 허스키가 그녀를 깨워 마침내 편지를 주고받기 시작한 이래 최초의 통화가 서먹하게 이뤄졌다. 그녀는 무척이나 당황해하며 그러나 편지는 받았다고, 공항에 나가 기다리겠다고 잠이 덜 깬 소리로 말했다.

그녀를 만나면 알아볼 수 있을까. 그러나 어쩐지 나

는 그럴 자신이 없었다. 또 알아본다고 해도 마주 앉아 도대체 무슨 얘기를 주고받을 것인가. 하지만 아주 잠깐만이라도 나는 그녀를 만나 그날의 일을 조심스럽게 확인하고 싶었다. 그것은 아무 일도 아닐 수 있겠지만 달리 생각하면 밤하늘에 떠 있는 별이 서로 광막한 시간대를 비껴가다 우연히 충돌한 일만큼이나 우주적 사건에 속하는 일이랄 수도 있었다. 의미를 부여하기에 따라서는 얼마든지 그렇지 않은가.

그리하여 유난히도 무더웠던 여름 어느 날 나는 문득 파리에 가기로 결심했다. 또한 다른 충돌의 기대를 품지 않기 위하여 그곳을 다만 비껴가는 길목쯤으로 생각해두고 있었다. 그녀를 만나고 난 뒤 나는 이탈리아를 염두에 두고 어디든 며칠 더 돌아다니다 서울로 돌아올 예정이었다.

마중을 나온 것은 그녀가 아니었다. 이틀 전 서울에서의 통화에서 그녀는 오후 5시 30분 정각에 분명 자신이 공항으로 나오겠다고 했던 것이다. 6시가 다 돼 커피숍에 나타난 사람은 치렁한 머리에 갈색 뿔테 안경을 쓴 삼십 대 초반의 여자였다. 중간 키쯤으로 무늬가 없는 흰 블라우스에 검은 면바지 차림이었고 랜드로바를 신고 있었다. 별 두리번거림 없이 그녀는 곧장 내게로 걸어왔다. 역시 기억에 없는 얼굴이었다. 하지만 왠지 낯설다는 느낌은 들지 않았다. 그녀는 내 이름부터 정중하게 확인해 물었다. 나는 엉거주춤 의자에서 일어나는 시늉을 하며 반사적으로 고개를 끄덕거렸다.

"생각했던 것과는 약간 모습이 다르네요. 물론 빨간 점퍼 차림이라고 해서 금방 알아봤지만 말예요."

생각했던 것과는 모습이 다르다니. 우멍하게 앉아 있는 나를 보고 그녀는 뜻없이 잠깐 웃었다. 그녀에게서 외국 생활을 오래 한 사람의 메마른 냄새가 났다. 주위에도 몇 명 있지만 외국에 오래 있다 온 여자들은 한결같이 기름기가 다 빠진 드라이플라워처럼 보인다. 그리고 좀처럼 한국에 적응을 못 해 다들 끙끙거린다. 택시를 타도 음식점에 가도 술집에 가도 아닌 게 아니라 화장실에 앉아 있는 것처럼 인상들을 쓰고 있다. 그리고 결국엔 중대한 고백이라도 하듯 다들 이런 말을 한다. 한국 사람들은 너무 거칠고 억세다, 무례하다, 타자에 대한 섬세한 배려가 없다 등등. 나도 얼마간은 그 말에 동의하지만 뭐 어쩌겠는가. 비빔밥 문화에서 살려면 어쩔 수 없이 비빔밥이 돼야 하는 것이다. 아무튼.

"당황해하실 것 같아 먼저 말씀드릴게요. 언니는 어제 아침에 이탈리아로 급히 떠났어요. 그래서 제가 대신 마중을 나왔죠. 저는 정희鄭熙라고 해요."

그러면서 그녀는 손을 탁자 위로 내밀었다. 내가 멀뚱하게 손목시계를 찬 오른손을 내려다보고 있자 그녀가 덧붙였다.

"왜 그런 얼굴을 하고 있어요? 노하신 건가요?"

노할 것까지야 없겠지만 그렇다면 서울에서 떠나오기 전에 전화라도 한 통 줄 수 있는 것 아닌가. 그리고 파리에 동생이 살고 있다는 얘기도 처음이다.

"엊그제 느닷없이 한국에서 친구가 왔어요. 그래서 나폴리와 피렌체에 있는 다른 친구들을 만나러 함께 떠난 거예요. 다들 베네치아로 몰려가 비엔날레를 보고 거기서들 헤어질 모양이에요."

정황이야 그쯤이면 충분히 알아들을 수 있었다. 하지만 내심 나는 당황하고 있었다.

"아직도 뭔가 못마땅하신 얼굴이군요. 하지만 파리에 계시는 동안 제가 대신 잘 모시도록 할게요. 후후."

무언가 채 수습이 안 된 상황에서 나는 가방을 끌고 그녀를 따라 엘리베이터를 타고 지하 주차장으로 내려갔다. 그리고 그녀의 르노 승용차에 올라타 공항을 빠져나갈 때까지 나는 굳게 입을 다물고 있었다. 시작부터 뭔가 어긋나버린 듯해 나는 지레 뒤부터 다잡고 있었다. 파리 중심부로 들어가는 약 사십여 분 동안 나는 피의자처럼 굳은 얼굴로 앉아 그녀가 묻는 말에 짧게 대꾸만 하고 있었다.

"파리는 처음인가요?"

전에 프랑크푸르트에 며칠 머문 적은 있지만 독일말고는 유럽 어디도 가본 데가 없었다.

"그럼 파리에 아는 사람도 없나요?"

홍익대 나와 컴퓨터그래픽을 공부하는 후배가 한 명 있기는 하다. 그는 파리에서 디자인을 하는 여자를 만나 필리페 오귀스트인가 하는 동네에서 동거를 하고 있었다. 며칠 전 서울에서 전화를 넣어보니 자동응답기가 받았다. 그는 동거녀와 함께 방학을 이용해 스위스 독일 오스트리아를 배낭여행 중이었다.

"저도 방학 동안 할 일이 없었는데 잘됐네요. 베네치아에 가실 때까지 파리 관광을 시켜드릴게요. 하지만 밥값과 술값은 그쪽이 내는 거예요?"

그거야 당연히 그래야겠지만 마음 한편이 못내 불편하고 부담스러웠다.

그녀가 베네치아 얘기를 꺼낸 건 차가 막 파리 시내로 진입하고 있을 때였다. 그곳에 대해 아느냐고 그녀가 물었고 나는 모른다고 짧게 응대했다. 혹시나 싶어 떠나오기 전 여행 정보 책자를 뒤적이다 몇 줄 읽은 게 전부였던 것이다. 그녀는 문득 안개 낀 목소리가 되어 지난 2월에 그곳에 다녀왔노라고 했다.

"묘한 도시라는 생각이 들어요. 물과 유리와 고양이와 자수와 미로처럼 얽혀 있는 좁은 골목길들. 그리고 곤돌라와 가면의 도시."

가면의 도시.

"매년 2월에서 3월에 걸쳐 약 삼 주일간 가면 축제가 열려요. 그때가 되면 유럽인들이 그곳으로 가려고 온통 난리법석이죠. 좁은 골목마다 화려한 가면 복장을 한 사람들이 마치 혼령들처럼 떠돌아다니는 걸 상상해 보세요. 안개가 축축히 끼어 있는 밤에 산 마르코 광장으로 가는 골목 곳곳에 말예요."

비스콘티 감독의 〈베니스에서의 죽음〉을 본 일이 있다. 그래, 그렇지, 그렇겠지.

"그 조용한 염탐과 흥분의 도가니를 글쎄 뭐라고 해야 좋을까요."

조용한 염탐과 흥분의 도가니. 나는 앞창에 쏟아지고 있는 저녁 햇살을 피하기 위하여 의자를 조금 뒤로 젖혔다. 그러자 그녀의 옆모습이 눈에 들어왔다. 얼굴 옆선이 고운 여자였다. 정희라고 그랬던가. 그러니까 그 여자의 동생.

그녀는 차를 몰고 개선문 앞의 샹젤리제 거리로 들어갔다. 간신히 주차장을 찾아 차를 대고 파라솔이 운집해 있는 카페에 자리를 잡고 앉자 금세 어둠이 내려 사위가 번요하게 꿈틀거리기 시작했다. 그리고 그녀와 마주 앉아 저녁을 먹은 다음 생맥주를 찔끔거리고 있는 사이 나는 파리의 한모퉁이에서 문득 단 하나의 외로운 이방인이 돼버렸다는 묘한 외로움에 사로잡혀 있었다. 당장에 나는 숙소조차 구하지 못하고 있는 상태였다. 겨우 손을 뻗어 꼬리를 잡으려 하자 이내 그걸 눈치채고 순식간에 하늘로 날아오르는 새를 바라본 적이 있는가. 그녀는 아까부터 나를 골똘히 지켜보고 있었다.

"파리에 있는 동안은 라 데팡스에 있는 언니의 아파트에서 지내시도록 해요."

무슨 말인가 싶어 히뜩 고개를 들자 이탈리아로 떠나기 전에 정윤이 그렇게 일러놨다는 얘기였다.

"아 참, 아까 얘기 안 했네요. 언니와는 다르지만 저도 그쪽 공부를 하고 있어요. 작업실 때문에 여기까지 와서 서로 떨어져 살아요."

그녀는 서양화를 하고 있었다. 그리고 파리 16구에 있는 아파트에서 살고 있다고 했다. 하지만 주인이 없는 집에서 그것도 여자의 빈 아파트에서 며칠을 묵겠다고 선선히 응하기도 난처했다.

"그렇게 하도록 하세요. 언니가 연락을 해올지도 모르고 또 제가 아침마다 모시러 가기도 편하잖아요. 여행철이라 마땅한 숙소를 구하기가 여간 어려운 게 아니에요. 정 부담스러우면 언니한테 숙박료를 내면 되잖겠어요."

개선문 뒤편에 있는 라 데팡스는 샹젤리제에서 차로 십 분 거리에 있다고 했다. 한국 유학생들이 많이 살고 있는 곳이어서 낯선 느낌도 한결 덜할 것이라고 그녀가 덧붙였다. 그렇게까지 말하는데 고집을 부릴 수가 없어 나는 반쯤 동의한다는 뜻으로 입을 다물고 있었다.

첫 여행지에서의 아무런 들뜸도 흥분도 없이 부산한 거리를 바라보고 있는 동안 기내에서 얻은 피로가 겹

곁이 밀려들기 시작했다.

"언니를 어떻게 만났어요?"

차를 가지러 주차장으로 가는데 그녀가 내 옆얼굴을 기웃거리며 물어왔다. 적당한 말이 생각나지 않아 나는 글쎄요, 라고 얼버무렸다. 그리고 라 데팡스에 도착할 때쯤에야 혼잣말처럼 이렇게 중얼거리고 있었다.

"캄캄한 장소 혹은 공간. 보이는 건 스테인드글라스를 통해 밖에서 밀려들어 오고 있는 희미한 빛뿐."

"네?"

"그런 곳에서 만났다는 뜻입니다. 아주 잠깐 동안 우발적으로."

"말씀 참 재밌게 하시네요. 조금 더 해주실래요?"

내친김이라 생각하고 나는 또 너절하게 늘어놓았다.

"그토록 외로운 섬광 속에서. 불안하기 짝이 없는 세계의 한모퉁이에서. 밖엔 겨울의 눈보라가 오래전의 폭풍처럼 몰려가고 있었습니다."

후후, 웃고 나더니 그녀가 되받았다.

"전공이 뭔지 물어보지 않아도 알 것 같네요. 하지만

스테인드글라스에 대해선 뭐 아시는 게 있나요?"

아는 게 있을 턱이 없었다. 하지만 또 가만 있을 수도 없었다.

"벽장 속에 오래 넣어두었다 다시 꺼내 부는 하모니카 소리."

"그건 잘 안 와닿는데요."

"되찾고 싶은 생의 한순간 혹은 그것의 희미하고 찬란한 무늬."

"그런 생의 순간이 있었어요?"

"어쩌면 그걸 찾기 위해 여기 왔는지도 모르죠."

"그렇게 거창한 기대를 갖고 오신 줄 미처 몰랐네요."

차가 아파트 주차장에 도착했다. 엘리베이터를 타고 3층 아파트로 올라가는데 그녀가 말을 돌려, 머무는 동안 파리가 모쪼록 좋은 추억의 시간이 되길 바란다고 말했다. 문을 열고 안으로 들어가 커튼을 열자 프랑스 혁명 200주년 기념으로 세웠다는, 제2의 개선문이라 불리는 라 그랑드 아르슈의 경관이 한눈에 빨려들어왔다.

"커다란 아치라는 뜻이죠? 저걸 설계한 건축가는 자기가 생각한 대로 건물이 지어지지 않자 그만 자살해 버렸다고 해요. 그래서 다른 사람들이 대신 완성을 했죠."

그런가. 열쇠를 건네주고 9시가 되어 그녀는 내일 아침에 오겠다는 말을 남기고 문을 나섰다.

천천히 목욕을 하고 커튼을 닫고 주방을 뒤져 차까지 끓여 먹은 다음 잠자리에 들려는데 거실에서 전화벨이 울렸다. 나는 멍하니 거실 탁자 위에 놓여 있는 전화기를 바라보고 있다가 천천히 수화기를 집어들었다. 이탈리아에서 걸려온 것일까?

"집이 편한지 어떤지 물어보고 싶어서 전화했어요. 혹시라도 다른 생각 마시고 거기서 그냥 편하게 지내셨으면 해요. 부탁드리고 있는 거예요."

지금 막 16구의 제 아파트로 돌아간 정희였다.

"그리고 내일 일정을 알려드릴게요. 오전엔 국립오페라극장과 파리 시립현대미술관을 둘러보고 오후엔 노트르담 성당과 퐁피두 센터에 가보기로 해요. 그럼 또 저녁참이 될 거예요."

그런가.

다시 침실로 들어가려다 말고 나는 사건 현장에 나온 형사처럼 작업실로 쓰이는 방과 거실과 주방과 화장실까지 찬찬히 살피며 돌아다니고 있었다. 그러나 어디에도 집 주인의 증거물 따위는 찾아볼 수가 없었다. 어느 집이든 한두 장쯤은 제 사진을 액자에 끼워놓고 있게 마련인데 일부러 치운 것인지 어쨌는지 증명사진 한 장이 없었다. 거실 한편에 놓여 있는 책상 서랍을 뒤져보고 싶었으나 거기까지는 차마 손이 가지 않아 나는 불을 끄고 그만 자리에 누웠다. 걷잡을 수 없는 수마가 온몸으로 쳐들어오고 있었던 것이다.

고단한 꿈의 여로에 나는 멀리 베네치아에 와 있었다. 가면을 쓴 사람들 틈에 섞여 나는 산 마르코 광장에 이르는 축축한 골목길을 밤새 식은땀을 흘리며 헤매다니고 있었다. 오, 검은 망토에 흰 가면들을 쓰고 배회하는 너희 빈집들.

그녀를 본 것은 노트르담 성당 안에서였다. 오전에 국립오페라극장과 파리 시립현대미술관에 들렀다 나와 점심을 마친 다음 노트르담 성당에 도착한 것은 오후 2시경이었다. 아직 시차 적응이 안 된 탓인지 그새 무릎이 떨리고 눈알이 침침했다. 미술관을 돌아본다는 게 여간 매가리가 빠지고 힘든 일이 아니었다. 아까부터 내 눈치를 살피고 있던 그녀가 심판의 문 앞에서 물어왔다.

"관광 첫날인데 그새 지친 거예요?"

관광? 괜히 심사가 편치 않아 나는 부러 그러듯이 귀에 거슬리는 소리를 내뱉었다.

"기껏 영장令狀을 받고 왔는데 이미 군대가 해산된 느낌이군요. 그래서 내친김에 관광을 하는 건 좋은데 완전무장을 하고 있으니 꼴도 어색하고 몸이 무거울 수밖에요."

피식 하고 웃어버렸지만 안내를 하고 있는 그녀도 그다지 흥이 날 리는 없었을 터이었다. 하지만 그야말로 관광이라도 하지 않으면 남아도는 시간을 어떻게

주체할 도리가 없었다. 심판의 문을 들어서 그녀와 나는 헌금상자에 동전을 넣고 촛불을 켜서 올려놓은 다음 관광객들을 따라 어두컴컴한 성당 안을 돌기 시작했다.

"노트르담이란 '우리들의 부인'이란 말인데 실제로는 성모 마리아를 뜻한다죠. 1163년에 건축이 시작되었지만 18세기 초엽에나 오늘날의 모습을 갖췄다고 해요. 또 프랑스 대혁명 때 심하게 부서져 대대적인 보수공사를 했구요. 봐요, 백삼십 미터나 되는 장대한 신랑身廊을 중심으로 오낭식五廊式 삼층 구조로 이루져 있는 프랑스 고딕 성당의 대표작이에요. 여기서 1804년에 나폴레옹 대관식이 있었고 파리 해방 후에는 국민예배가 행해졌다고도 해요. 성당 안은 수많은 조각들로 장식돼 있어 일명 돌로 된 성서라고들 부르죠."

그녀의 말을 대충 흘려들으며 나는 상부 중앙의 남북으로 이어져 있는 화려한 스테인드글라스에 눈이 팔려 몇 번이고 발걸음이 어긋났다. 그리고 안쪽으로 깊이 솟아올라가 있는 두 탑 사이에 떠 있는 장미의 창에 이르러 나는 그만 발이 멎고 말았다. 좌우는 아담과 이브상으로 각각 장식돼 있는데 그것을 보는 순간 나는 마치 홀연한 계시의 순간을 맞고 있는 성싶었다.

그렇다, 장미의 창이라 불리는 스테인드글라스였다.

그때 왜 이 년여 전 신촌의 컴컴한 화장실이 갑자기 떠올랐는지 모른다. 아담과 이브가 아니라, 발정난 원숭이들처럼 서로를 끌어안고 있다가 절정의 순간에 짐짓 고개를 비틀고 그녀의 어깨 너머로 바라보던 스테인드 글라스, 그 희미한 빛이 말이다.

그녀는 여행 안내서에 나오는 식의 말을 계속하고 있었다.

"그래요, 지름이 십삼 미터나 되는 커다란 장미예요. 저걸 보러 참 많이도 이곳에 왔었더랬어요. 어제 스테인드글라스 얘기를 하시길래 밖이 가장 밝은 시간대를 택해 이곳에 온 거예요. 그래야 선명하게 볼 수 있으니까요. 어때요?"

"……."

"왜요, 스테인드글라스의 시간만큼이라도 되찾고 싶

다고 안 그랬나요?"

농기가 섞인 소리를 그렇게 내뱉고 그녀는 앞서 발걸음을 옮겼다. 뻐근한 목을 주무르며 나는 돌로 된 십자가상 앞을 둥글게 돌아 열주가 늘어선 회랑으로 들어갔다. 그때 회랑 입구에 선글라스를 낀 여자가 팔짱을 끼고 예의 장미의 창을 올려다보고 서 있는 게 눈에 들어왔다. 무심히 지나치다 나는 그 검은 옷의 여자를 슬쩍 다시 돌아보았다. 안면이 있다거나 해서가 아니었다. 어둑한 성당 안에서 선글라스를 끼고 있는 모습이 잠깐 눈에 거슬렸던 때문이었다.

성당 앞 계단에 쭈그리고 앉아 생수 한 잔씩을 마시고 담배를 피운 다음 그녀와 나는 예정대로 퐁피두 센터로 향했다. 하지만 다리가 풀릴 만큼 풀려 퐁피두에 도착했을 때는 의자만 보이면 아무 데고 주저앉고 싶었다. 하지만 그녀는 4층 현대미술관으로 또 나를 데리고 들어가 수많은 작품들을 일일이 손으로 가리키며 뭐라뭐라 열심히 설명을 해대고 있었다. 오늘 본 그림만 해도 벌써 이천 점은 될 터이었다.

오후 5시나 돼서야 겨우 미술관에서 빠져나와 그녀와 나는 옥상 카페에 앉아 맥주부터 주문했다. 햇빛에 부서지고 있는 광장엔 거리의 예술가들이 모여 퍼포먼스를 하고 있었다. 맥주를 마시는 동안 나는 얼핏 생각이 나서 그녀에게 이렇게 슬그머니 묻고 있었다.

"오랫동안 말을 잃고 지낸 아이였다는 소릴 들었습니다."

담배에 성냥불을 붙이고 있다가 그녀가 누구요? 하며 눈을 홉떴다.

"언니 말입니다."

당황한 듯 그녀는 얼른 눈을 딴 데로 돌리고 있다가 잠시 후 머리칼을 쓸어올리며 입을 열었다. 그림을 그리는 사람들은 대개 그렇지가 않은데 손가락이 무척이나 섬세하게 생긴 여자였다.

"맞아요, 그 좋은 때를 누에고치처럼 지냈어요. 세상에서 가장 보고 싶지 않은 사람과 가장 보고 싶은 사람이 있었는데 언니는 하필 앞엣사람과 살았거든요. 아버지와 함께 말예요. 열 살 땐가 부모가 이혼을 하고 어머니가 집을 나갔죠."

"가장 보고 싶은 사람이란 그럼 어머니였군요."

"아버진 딸이 어머니를 만나는 것조차 한사코 막았어요. 그렇다고 해서 딸을 사랑했던 것도 아녜요. 그냥 헤어진 아내에게 고통을 주고 싶어서 그랬던 거예요. 지금도 이해할 수가 없어요. 이혼 사유도 어디까지나 아버지 쪽에 있었거든요. 돈은 좀 있었지만 술주정뱅이에다 장안에서 소문난 난봉꾼이었으니까 말예요."

"……."

"그런데 문제는 그렇게 간단하지가 않아요. 사랑과 격리돼 큰 아이는 커서도 사랑을 할 줄 모른다는 거예요. 그래서 사랑은 아니 사랑도 저는 유전이라고 생각해요. 적어도 후천적 유전의 문제란 말이죠."

사랑도 유전이라고 그녀는 말했다. 그래, 그렇지, 그렇겠지.

"대학에 들어가 간신히 생물학을 하는 남학생을 사귀었지만 결국 남자 쪽에서 군대에 간다는 핑계로 언니를 버렸죠. 아이까지 떼고 말예요. 하지만 그게 다

남자 탓만도 아닐 거예요. 언니는 자신을 남자도 여자도 그렇다고 중성도 아닌 존재라고 생각하고 있었으니까요. 아무튼 그래서 다시 입이 닫혔고 졸업 후 곧바로 파리로 왔죠."

아픈 데를 건드렸나 싶어 데면한 표정을 짓고 있는데 그녀는 계속해서 말을 늘어놓았다.

"결국 언니는 누구보다 단단한 가면을 쓰고 살아야만 했죠. 얼굴을 한번 보여주고 나면 누구라도 함부로 달려들어 벌집을 만들어놓을 거라는 공포 때문에 말예요."

"……."

"잠깐의 우발적인 상황에서만 슬쩍슬쩍 가면을 벗어놓고 말예요."

"우발?"

"왜요, 실은 누구나 우발에 거는 기대로 겨우겨우 살아내고 있는 거 아네요? 선생님도 뭐 사정이 다른 것 같지 않은데요."

우발에 거는 기대. 착잡한 얘기였다. 하지만 아니라

고 우길 수도 없어 나는 잠자코 있었다. 그새 저녁 무렵이 되어 광장에 어둠이 내려앉고 있었다. 그리고 어디 레스토랑으로 자리를 옮겨 저녁을 먹자는 얘기가 나왔을 때, 아까 노트르담 성당 안에서 본 그 검은 옷의 여자가 대각선 끝자리에 앉아 있는 게 눈에 비쳐들었다.

그녀는 콜라를 마시며 우두커니 이쪽을 바라보고 있었다. 여행철인 데다 서울 면적의 사 분의 일밖에 안 되는 파리에서 가고자 하는 곳이 얼마든지 겹칠 수 있었으므로 딱히 이상하달 수는 없었으나 나는 미묘한 기분에 빠져 얼마간 그녀와 마주 보고 있었다.

미라보 다리 근처의 한 이탈리아 식당에서 식사를 하고 있는 동안 나는 어제오늘 줄곧 뭔가 조작된 상황에 빠져 있는 듯한 느낌을 문득 받고 있었다. 가령 이탈리아에 가 있다는 그녀, 정윤이 어쩐지 내 주위를 맴돌고 있다는 생각이 한순간 뇌수를 찌르고 지나갔던 것이다. 그래, 어제부터 아귀가 맞지 않고 뭔가 어긋나 있지 않은가. 사정은 그렇다치고 왜 양해를 구하는 집안의 메모나 전화 한 통이 없단 말인가. 신경이 예민해져 있는 탓이라고 생각하며 나는 포도주만 맥주처럼 꾸역꾸역 들이켜고 있었다.

"무슨 생각을 그렇게 해요?"

스파게티를 먹고 있던 그녀가 내 앞에 놓인 스테이크를 내려다보며 물어왔다.

"아뇨, 그냥 시차와 관계된 생각을 잠시 하고 있었습니다."

"내일쯤엔 괜찮아질 거예요. 아직 모든 게 생소해서 그런 걸 거예요."

그런가. 아직 생소하다 그 말인가. 묻지도 않았는데 그녀는 다시금 언니 얘기를 꺼냈다.

"파리에 와서 우여곡절 끝에 정치학을 하는 남자를 만나 결혼을 했지만 이 년도 채 안 돼 별거를 시작했어요. 공부를 끝낸 형부는 한국으로 들어가고 언니는 그냥 파리에 남았던 거죠. 그게 또 빌미가 됐죠. 결국 형부 쪽에서 이혼을 요구해와서 합의서에 도장을 찍고 말았죠. 언니가 선생님을 만났던 게 아마 그때쯤이었을 거예요."

그때쯤이라니.

"이혼수속을 밟으러 서울에 들어갔을 때 말예요. 몰랐어요?"

이건 무슨 소린가. 갑자기 새파랗게 질려 들고 있던 포도주잔을 얼결에 떨어뜨리자 그녀의 이마에 팍 주름이 잡혔다. 종업원이 나와 깨진 유리를 쓸어내고 몰려 있던 주위의 시선들이 사라질 즈음 그녀가 담배를 피워물며 물었다.

"놀란 거예요?"

아니 놀랄 수 있겠는가. 이쯤 되면 참으로 여러 가지가 복잡하고 미묘한 상황이었다.

"언니는 파리에 와서 겨우 세상에 적응을 한 상태였어요. 물론 운도 따랐겠지만 기회가 찾아와 이쪽에서 일도 시작했구요. 그러니 남편을 따라 무작정 한국으로 들어가기가 겁났던 거예요. 게다가 형부는 야심이 무척 많은 사람이어서 언니한테 무조건 뒷바라지만 기대하고 있었죠."

나는 신촌에서 만났던 그녀와 아직도 가설 도시처럼 느껴지는 이 파리 한복판에서의 현재現在를 이어보고자 갖은 애를 쓰고 있었다. 다시 라 데팡스의 아파트로 돌아오는 차 안에서 나는 짐짓 그녀에게 묻고 있었다. 별생각 없이 내뱉은 말이기는 했다.

"언니가 지금 이탈리아에 가 있다고 그랬나요?"

말귀를 못 알아들은 듯 그녀가 뭐라구요? 하며 차창에 와 부딪는 빗방울을 걷어내기 위해 윈도브러시 버튼을 누르며 옆을 돌아보았다.

"뭔가 앞뒤가 맞지 않아요. 내가 지금 파리에 와 있다는 게 실감이 나지 않아서인지 언니가 이탈리아에 가 있다는 것도 역시 실감이 나지 않는다 이 말입니다."

붉은 신호등이 들어왔으므로 차가 횡단보도 앞에서 멎었다.

"왜 그런 생각을 하죠?"

"아까 퐁피두 센터에서 얼핏 그런 느낌이 들었습니다."

그녀가 잔뜩 목이 쉰 소리로 말꼬리를 흐렸다.

"굉장히 엉뚱한 데가 있는 분이시군요."

비 때문인지 길이 막혀 9시가 넘어서야 아파트 지하 주차장에 겨우 도착했다. 내일은 로뎅 미술관에 들렀다 오후엔 베르사유 궁전으로 나가자고 하면서 그녀는 곧바로 차를 돌려 돌아갔다.

프랑스의 아파트는 은행금고를 연상시킨다. 사방이 좁은 복도로 연결돼 있는 데다 조명까지 침침하다. 젖은 먼지 같은 빈집의 냄새. 거기 또한 미세하게 풀어져 있는 여자의 야릇한 냄새. 나는 씻을 생각도 안 하고 어제처럼 또 이곳저곳을 뒤적거린다. 거실에 붙어 있는, 이탈리아 남쪽 어디라고 생각되는 사진. 사진 속의 하얀 집들과 베란다의 붉은 장미. 파라솔 밑에 앉아 있는 남녀들. 흐트러진 침대. 옷장 옆에 처박혀 있는 기내용 여행가방. 말라붙은 커피잔. 경대 서랍 속의 쓰다 남은 생리대. 조명기구의 불을 켜고 나는 찬찬히 구석구석을 다시 살펴본다. 하지만 역시 정윤임을 뜻하는 물건은 눈에 띄지 않는다.

그러한데, 베란다에서 누군가 나를 지켜보고 있다는 느낌이 들어 나는 가만히 동작을 멈추고 얼추 십 초 동안이나 그쪽에 눈을 던져두고 있었다. 이윽고 나는 거실의 유리문을 열고 베란다로 나가보았다. 창문으로 쓰이는 덮개문이 비스듬히 열려 있고 그 사이에 덩굴장미가 피어 있는 게 눈에 띄었다.

장미는 가랑비에 떨며 젖고 있었다.

그날 밤도 정윤의 전화는 걸려오지 않았다. 긴 공막감에 사로잡혀 잠을 못 이루고 뒤척이는데 낮에 노트르담 성당과 퐁피두 센터에서 본 그 검은 옷의 여자가 눈에 떠올랐다. 어쩐지 나는 그녀를 다시 만날 것만 같다.

새벽 1시. 암만해도 잠이 오지 않아 나는 16구의 정희에게 전화를 넣어보았다. 그녀는 자고 있는 중이었다. 스탠드의 불을 켜고 그녀가 부스스 침대에서 일어나 앉는 소리가 송수화기를 통해 들려나왔다.

"무슨 일이 있나요?"

그 야릇한 목소리의 반향. 할 말이 없었기로 나는 시답잖게 베란다의 장미 얘기나 늘어놓고 있었다.

"아, 장미요. 오늘쯤 물을 줘야 하는데 마침 비가 내렸죠? 안 그랬으면 전화로 부탁을 할 생각이었는데요."

"베란다에 장미가 있다는 걸 알고 있었군요."

"여기 사람들은 누구나 베란다에 꽃들을 키워요."

"아니, 장미."

"봄에 언니와 묘목을 사와서 함께 심은 거예요."

그러고 나서 둘 사이에 꽤 긴 침묵이 이어졌다.

"밖에 검은 옷을 입은 여자가 장미 한 송이를 들고 어딘가로 가고 있어요. 우산도 없이 말예요."

그녀는 지금 창문 밖을 내다보고 있는 모양이었다.

"자야 할 시간이에요. 좋은 꿈 꾸시고 밤새 안녕하세요. 인생이란 때로 주인 없는 성城에 혼자 머무는 일이기도 하잖아요."

제기랄. 어디서 그런 달콤 쌉싸레한 말을 배워 말문을 막아놓는 것일까. 검은 옷을 입은 여자가 장미 한

송이를 들고 지금 어둠 속을 걸어가고 있다, 라고 속엣말로 중얼거리며 나는 전화를 끊고 커튼을 열고 창밖을 슬쩍 엿본 다음 불을 끄고 겨우 잠자리에 들었다.

아침부터 비가 세차게 뿌려대고 있었다. 어제보다 조금 늦은 시각에 도착한 그녀는 갑자기 일이 생겼다며 미안한 얼굴로 오후에 베르사유 궁전에 가려던 계획을 취소했으면 한다고 말했다. 꼭 가봐야 하는 곳도 아니므로 나는 괜찮다고 선선히 고개를 끄덕거렸다. 하지만 오후엔 나 혼자 파리 어딘가에 있어야 할 터이었다.

그녀와 나는 빗속을 달려 로뎅 미술관에서 약 두 시간을 보낸 다음 정오가 되어 그곳에서 나왔다. 그녀는 루브르 박물관 앞에다 나를 떨궈놓고 오후 4시에 유리 피라미드 앞에서 만나자고 하고는 바삐 차를 몰고 사라졌다. 콩코드 광장 근처에서 누군가와 만나기로 약속이 돼 있다는 말이었다.

비가 내리는데도 박물관 안으로 들어가는 유리 피

라미드 앞에는 수많은 사람들이 줄을 지어 서 있었다. 네 시간쯤은 충분히 여기서 보낼 수 있으리라고 정희가 그랬지만 우산을 들고 줄 뒤에 서 있기가 답답해 나는 박물관 뒤편으로 빠져나와 공원 옆의 레스토랑에 앉아 점심을 먹고 한국으로 보낼 엽서 몇 장을 쓰고 있었다.

오후 3시에 그녀가 박물관 뒤편에 홀연히 나타났다. 그녀는 공원을 한 바퀴 돈 다음 사위를 두리번거리다가 내가 앉아 있는 카페 쪽으로 걸어왔다. 이렇게 쉽게 또 그녀를 만나게 되다니. 그녀는 파라솔 밑에 가방을 내려놓으며 이쪽을 슬쩍 돌아보았다. 그리고 종업원이 탁자 위에 생수를 갖다놓는 사이 한 번 더 나를 흘끗 쳐다보고는 담배를 피워물었다. 어제와 같은 옷차림에 여전히 선글라스를 끼고 있었다. 어쩐지 그 순간을 놓치고 싶지 않아 나는 고개를 끄덕여 먼저 알은체를 했다. 그녀는 얼핏 당황해하더니 마지못한 듯 희미하게 응답 신호를 보내왔다.

볼일이 있었을 리는 없었다. 나는 자리에서 일어나 주춤주춤 그녀에게 다가갔다. 알고 있었을 텐데도 그녀는 모른 척 공원에 눈을 던져두고 있었다.

"잠깐 앉아도 될까요?"

나는 영어로 그녀에게 더듬더듬 말을 건넸다. 그녀는 잠시 나를 올려다보고 있더니 어쩔 수 없게 돼버렸다는 표정으로 맞은편의 빈 의자를 가리켰다.

"어제 노트르담 성당에서 한 번 만났죠?"

그녀는 선글라스 속에서 나를 눈여겨보고 있다가 퐁피두 센터가 아니었던가요? 라고 영어로 대답해왔다. 어감만으로는 잘 알 수가 없어서 나는 단도직입적으로 물었다.

"일본인입니까?"

그러자 그녀가 왜요, 그렇게 보이나요? 하고 문득 한국어로 대답해왔다. 그녀는 내가 한국인이라는 것을 벌써부터 알고 있었던 것이다. 그녀도 루브르에 들어가려다 포기하고 나온 참이었다.

"동행이 있는 것 같던데요. 어제 말예요."

"이따가 유리 피라미드 앞에서 만나기로 했습니다."

그렇군요, 하며 그녀가 무심하게 되받았다. 그러고 나서 또 짐짓 딴 데로 눈을 돌리며 나에 대한 경계를 좀처럼 늦추지 않았다. 아무래도 말문이 트이지 않을 듯해 나는 내 소개부터 간단하게 했다. 소개랄 것도 없었지만 대학에서 강의를 하고 있다니까 그녀는 그제야 어느 정도 안심을 하는 눈치였다.

그녀는 대학원에서 미술사를 전공하고 있었다. 대학에서는 서양사를 전공했는데 뒤늦게 미술사에 관심을 갖게 됐다고 했다. 물론 공부를 마친 다음에는 대학에 일자리를 구하길 원하고 있었다. 그녀는 유럽 각국의 미술관과 박물관들을 순례하고 있는 중이었다. 삼 일 전 독일에서 파리로 왔고 오늘 오전엔 오랑주리 미술관에 들러 모네의 수련을 보았다고 했다. 이틀 후 그녀는 또 암스테르담으로 옮겨가 고흐 미술관과 국립미술관을 관람하고 그다음엔 브뤼셀로 갈 예정이었다.

"브뤼셀에는 뭐가 있죠?"

"권태와 추상의 화가 마그리트가 있죠."

권태와 추상.

“저는 파리에 머물다 며칠 후에 이탈리아로 갈 생각입니다. 베네치아에서 누군가를 만나기로 했죠.”

“그래요? 저도 벨기에에서 돌아와 이탈리아로 들어갈 생각인데요.”

나는 웃으면서, 그렇다면 거기서 다시 만날지도 모르겠군요 하고 엉뚱한 말을 내뱉었다. 그녀의 선글라스에서 공원의 장미가 어른거리고 있었다. 아직도 4시가 되려면 삼십 분 정도가 남아 있었다. 외국에서 처음 만난 사이에 더 이상 할 말이 없어 나는 진부하게 서울 얘기를 꺼냈다.

“한때는 저도 그쪽에서 술을 많이 마셨습니다. 마침 두 학기 시간강의를 나간 적이 있거든요.”

그쪽이란 그녀가 지금 다니고 있는 대학을 두고 하는 말이었다.

“맞아요, 술집이 워낙 많죠. 하지만 저는 역시 신촌이 좋아요. 대학을 거기서 다녀서 그런지 몰라도 정이 들었다고나 할까요?”

대학을 신촌에서 나왔군. 하지만 신촌에 대학이 어디 한두 개인가.

"그럼 혹시 레드 제플린이란 70년대식 카페에 가본 적 있어요? 화장실 창문이 스테인드글라스로 돼 있는 곳이죠."

황당한 얼굴로 그녀가 나를 돌아보며 이맛살을 찡그렸다. 왜. 화장실 얘기를 해서 그런가?

"어제 노트르담 성당에 갔다가 스테인드글라스를 보고 문득 거기 생각이 나더군요."

그녀는 냉랭한 어조로 그런가요? 하고 생수통을 집어들었다.

"의외로 엉뚱한 데가 있는 분이군요. 노트르담에 갔다가 신촌의 술집 화장실을 다 떠올리고 말예요."

그녀는 거기서 내 미술에 대한 식견을 평가하고 있었을 것이다.

"혹시 파리에 계신 동안 시간이 나면 전화라도 한 통 주시겠습니까?"

내내 어색하게 앉아 있다가 나는 봉변을 무릅쓰고

그녀에게 내가 묵고 있는 아파트의 전화번호를 적어주고 자리에서 일어났다. 나 자신도 알 수 없는 짓이었지만 어쨌든 나는 그러고 있었다. 아니나 다를까. 그녀는 어이가 없는 얼굴로 내가 내민 메모 쪽지를 무슨 화장실 휴지처럼 내려다보고 있었다.

4시에 나는 정희를 만나 오후 시간을 죽이기 위해 세느 강에 가서 유람선을 타고 또 샹젤리제에서 저녁을 먹었다. 거기서 나는 정희에게 이런 말을 하고 있었다. 무심히 그냥 입에서 튀어나온 소리랄 수도 있었다.

"내일 하루만 더 파리에 머물고 한 이틀 바깥에 나갔다 오고 싶군요."

"왜요, 벌써 여기가 갑갑해요? 기껏해야 앞으로 삼사 일인데요."

"맹목적인 대기와 지연의 상태란 느낌이 들어서 그런가요. 조금 답답하군요."

"바깥 어디요?"

"암스테르담과 브뤼셀에 가보고 싶습니다. 갑자기

고흐와 렘브란트가 보고 싶어졌어요. 이번 기회가 아니면 힘들 것 같다는 생각도 들구요."

"그럼 브뤼셀은 또 뭐예요?"

"마그리트가 있다는 소릴 들었습니다. 권태와 추상의 화가."

그녀는 석연찮은 얼굴로 뭔가를 곰곰이 생각하는 눈치더니 꼭 그래야 되겠느냐고 물어왔다.

"정희 씨의 시간을 뺏고 있는 것도 솔직히 부담스럽구요, 혼자서 한 이틀만 다녀오도록 하겠습니다."

허둥댈 게 뻔했으나 나는 그렇게 말했다. 또 한참이나 궁리하는 표정으로 있더니 그녀가 일종의 조건부 수락을 해왔다.

"정 그렇다면 저와 동행하도록 해요. 안 그러면 제가 언니한테 불필요한 부담을 느끼게 될 테니까요. 그리고 이틀 만에 돌아오려면 아무래도 길잡이가 필요할 거예요. 다행히 그쪽은 저도 다녀봤거든요."

거절하기 위하여 나는 부러 귀에 거슬리는 소리를 했다.

"파리와는 달리 예상치 못했던 위험이 뒤따를지 모르는데도 말입니까?"

뜻을 금세 알아듣고 그녀가 얼굴을 확 붉히며 따지고 들었다.

"지금 무슨 말을 하고 있는 거죠?"

"……."

"선생님이 그 정도밖에 안 되는 사람이라면 뭐 그것도 어쩔 수 없는 일이겠죠."

"그럼 혼자 가도 된다는 말입니까?"

그러자 그녀가 피식 웃으면서 아니라고 고개를 가로저었다. 그러고 나서 한 번 더 생각해보는 게 어떻겠냐는 말도 잊지 않았다.

자정에 나는 매우 뜻밖인 그녀의 전화를 받았다. 낮에 루브르 박물관 뒤편 카페에서 만났던 그 미술사학도. 나는 욕실에 들어가 있다 전화벨 소리를 듣고 온몸에 비누 거품을 묻힌 채 거실에서 튀어나왔다. 이탈리아에 가 있는 정윤이 그제야 연락을 해온 모양이라고 나는 생각하고 있었다.

그녀는 샹젤리제 근처의 한 호텔에서 내게 전화를 하고 있었다. 실례라는 걸 알면서도 뭔가 얘기가 될 것 같아 전화를 하게 됐다고 그녀는 더듬거리며 말했다. 아까와는 달리 매우 정중한 태도였다.

"이건 하나 알아두세요. 만약에 여기가 서울이었다면 전화 따위는 생각조차 못 했을 거예요."

뜻을 알아들었으나 나는 잠자코 있었다. 서울에서였다면 나 또한 길가다 만난 여자한테 함부로 전화번호를 적어주는 일은 없었을 것이다. 샹젤리제라면 여기서 가까운 곳이었다. 별 뜻 없이 내가 그런 말을 하자 그녀는 코웃음을 쳤다. 그저 해본 말이지 나도 이 시각에 비누 거품을 묻힌 채 그녀를 만나겠다는 건 물론 아니었다. 좀처럼 빈틈을 보이지 않는 여자였다. 하기야 뭐 다들 그런 것이다.

"아까 신촌에 있는 레드 제플린이란 카페를 아냐고 물었죠?"

비누 거품을 수건으로 닦아내다 말고 나는 잔뜩 귀

를 곧추세웠다. 베란다의 어둠이 거실 안을 무겁게 들여다보고 있었다. 대답을 않고 있자 그녀가 그곳에 가본 적이 있다고 먼저 말했다.

"언제 말입니까?"

"그것까지야 기억이 나겠어요. 하지만 틀림없이 그곳에 가본 적이 있어요."

갑자기 머리가 어수선해져 나는 또 한동안 말을 잃고 있었다. 그녀가 여보세요? 하며 주위를 일깨웠다.

"근데 거기서 뭘 보았다고 했죠? 스테인드글라스라고 했나요?"

한참을 또 부스럭거리다 나는 그렇다고 맥 빠진 소리를 했다.

"근데 왜 그런 얘기를 했어요."

왜 그런 얘기를 하다니.

"노트르담의 장미 창 말예요. 그것과 그것이 무슨 상관이라도 있나요?"

이쯤 되면 말을 만들어서라도 대꾸를 해줘야 할 판이었다. 누가 빠졌든 어쨌든 함정은 내가 파놓은 것이다.

"이상하게 저는 스테인드글라스가 있는 곳에서 사람을 만나곤 합니다."

무엇을 헤아리는지 그녀는 대꾸가 없었다. 아마도 신촌의 레드 제플린과 파리의 노트르담 성당과 내가 만났다는 사람을 생각하고 있었을 것이다. 눈치가 빨랐다면 두 사람 중의 하나가 자신을 두고 하는 말이라는 것까지 알았을 터이었다. 그게 농이라고 하더라도 말이다.

"수수께끼를 풀고 있는 기분이네요. 그럼 신촌에서 만났던 사람은 혹시 퐁피두 센터에서 함께 있던 그 분?"

"아닙니다, 그 사람은 베네치아에서 만나기로 했죠. 하지만 만나게 될지 그건 또 그때 가봐야 알겠죠."

마지막 말은 굳이 할 필요가 없었을 것이다. 거실의 붉은 조명등이 마른 내 몸을 흉하게 드러내놓고 있었다. 나는 전화통을 든 채 옷걸이로 걸어가 셔츠부터 꿰입었다. 몸에서 비릿한 비누 냄새가 났다.

"왜요, 약속이 잘못됐나요?"

약속이 잘못된 건가? 새삼스럽게 나는 그것조차도 알 수가 없었다. 냉장고에 들어 있는 포도주가 간절히 생각났으나 나는 꼼짝없이 소파를 지키고 앉아 있었다. 혼곤한 상태의 권태와 추상에 빠져.

"거긴 가면의 도시니까 서로를 알아보기가 힘들 거란 얘깁니다."

궁리 끝에 나는 또 수수께끼 같은 말을 늘어놓았다.

"뭔가 알 듯도 하지만 역시 잘 모르겠군요. 다음 문제로 넘어가 그럼 노트르담 성당에서는 어떤 사람을 만났죠?"

정말 몰라서 묻고 있는 것일까.

"몰라서가 아니라 기가 막혀서 그래요. 왜 그게 하필 저예요? 우습잖아요."

"그렇군요, 제가 생각해도 하필 그렇군요."

"세상에 그런 싱거운 말이 어딨어요. 하지만 그런대로 유쾌한 밤이네요."

전화를 끊기 전 그녀는 언제 또 우연히 만날 수 있었으면 한다고 했다. 우연히란 말에 그녀는 유독 악센트를 주고 있었다. 나도 농조로 한마디 거들었다.

"혹시 압니까? 암스테르담이나 브뤼셀에서 또 마주치게 될지."

코가 막힌 소리로 그녀가 웃었다.

"하지만 서울에서는 아니에요."

굳이 못을 박을 필요가 없는데도 그녀는 또 그렇게 강조했다.

"서울에 가면 레드 제플린에 다시 가봐야겠군요. 혹시 알아요? 누구처럼 거기 화장실에 들어갔다가 노트르담 성당을 보게 될지."

하지만 내가 거기 화장실에서 사람을 만났다는 걸 그녀는 모르고 있을 것이다. 아니, 혹시 알고 있는가?

"참, 몇 시 기차로 이탈리아에 간다고 했죠?"

나는 8시 12분에 리옹 역에서 우선 밀라노로 가는 아침 기차를 탈 거라고 아무 생각 없이 말해주었다.

"그럼 저도 그 시간에 맞춰보죠."

어쩐지 조롱처럼 느껴지는, 다분히 장난기가 섞여 있는 소리였다. 야릇하게 한마디를 더 하고 그녀는 냉큼 전화를 끊어버렸다.

"어쩌면 제가 레드 제플린에 갔던 날 하필 선생님을 만났는지도 모르겠군요. 그렇지 않아요?"

그녀는 암스테르담까지 끝내 나를 따라왔다. 그 전날 가까스로 승차권을 구하고 파리 북역에서 아침 7시 40분에 출발하는 기차를 타기 위해 새벽부터 일어나 서둘러야 했으니 짜증이 날 만도 했을 텐데 그녀는 전혀 그런 내색이 없었다. 다만 얼굴에 우울인지 염려인지 모를 착잡한 그림자가 드리워져 있었다. 기차가 두 시간쯤 달려가고 있을 때 그녀가 감았던 눈을 뜨고 이쪽을 바라보았다. 반수면의 상태에 잠겨 있다가 나도 슬그머니 눈을 떴다.

"정말 왜 갑자기 고흐와 렘브란트예요? 게다가 마그리트까지 말예요. 무시해서 하는 소리가 아니에요. 파리에서도 오르세 미술관 같은 데를 가면 얼마든지 볼 수 있거든요."

지평선까지 잇닿아 있는 해바라기밭이 창밖에 부챗

살 모양으로 떠내려가고 있었다.

"저 때문에 신경을 많이 쓰고 있군요. 역시 혼자 올 걸 그랬나봅니다."

그 말이 뜻하지 않게 그녀를 자극한 모양이었다.

"원래부터 그렇게 말을 비틀어서 하는 사람이에요? 아니면 아직 언문일치가 안 된 사람인가요. 마음이 비뚤어진 소년처럼 왜 자꾸 그래요."

듣고 보니 내가 그랬던 것 같기도 하다. 정중하게 사과하고 나서 겨우 분위기가 가라앉자 그녀가 조용한 소리로 또 물어왔다. 그녀에게서 새벽에 목욕한 냄새가 났다.

"근데 엊그제 밤에는 어디와 그렇게 통화 중이었어요?"

엊그제. 그 검은 미술사학도와 전화통을 붙잡고 비누 거품 속에 앉아 있었지. 한데 새삼스럽게 그걸 왜 오늘에야 묻는가. 어제 그녀와 나는 베르사유 궁전과 몽마르트르 주변을 쏘다녔었다. 그리고 밤에는 몽마르트르 언덕 아래 피갈이라는 소위 몸 파는 여자들이 들락거리는 술집 동네에 앉아 있었다. 파리에서 관광객이 갈 곳이란 서울에서 듣던 대로 모두 그렇고 그런 곳이었다. 남자끼리도 아닌데 왜 하필 피갈이었는지 모르지만 삼십 분을 못 앉아 있다 나는 그녀를 재촉해 밖으로 나왔다. 그것이 나에 대한 배려였다는 것을 어렴풋이 눈치챘지만 나는 그런 파리가 점점 권태롭게만 느껴졌다.

"서울과 통화했나요?"

사실대로 말하면 쓸데없이 복잡해질 것 같고 또 서울이라고 하면 거짓말이 될 것 같아 나는 엉뚱한 대답을 하고 있었다.

"언니하고 통화했다면 믿으시겠어요?"

부스럭거리며 그녀가 의자에서 몸을 일으켜 세우더니 나를 건너다보았다.

"그랬나요?"

역시 쓸데없는 말을 했다 싶어 나는 얼른 말머리를 돌렸다.

"물론 아닐 수도 있습니다."

말을 해놓고 나니 걷잡을 수 없이 뭐가 더 복잡해지고 있었다.

"무슨 말이 그래요?"

"글쎄, 무슨 말이 이런지 저도 모르겠군요."

지레 당황하여 나는 그렇게 말꼬리를 흐리고 나서 잠을 좀 자둬야겠다고 그녀에게 말했다. 암만해도 그게 나을 듯싶었다. 웬일인지 그녀도 더 이상은 물어오지 않았다. 그리하여 낮 12시 28분에 기차가 암스테르담 중앙역에 도착할 때까지 그녀와 나는 밤새 모자랐던 잠에 깊이 빠져 있었다.

이틀 뒤에 베네치아에서 나는 정말 그녀를 만나기는 하는 걸까.

암스테르담 중앙역에 내리자 금세 찬란한 바닷물이 가슴으로 밀려들고 운하로 이어지는 선착장엔 수많은 요트의 흰 깃대들이 바람에 나부끼고 있었다. 또한 도시 어디서나 볼 수 있는 기나긴 자전거의 행렬. 그녀와 나는 물 위에 떠 있는 식당에서 아침 겸 점심을 마친 다음 전차를 타고 곧장 고흐 미술관으로 갔다.

고흐 미술관에는 들라크루아와 밀레와 쿠르베와 피카소와 모네와 피사로와 고갱의 작품들이 함께 걸려 있었다. 그리고 나선형의 이층 계단을 따라 올라가자 고흐의 작품들이 바로 엊그제 완성된 것처럼 선명한 질감을 드러내며 마치 신기루처럼 걸려 있는 게 눈에 들어왔다. 그 안에서 튀어나오는 압도적인 에너지에 사로잡혀 나는 문득 모든 것을 잊고 얼이 빠진 채 서 있었다.

"압도적이란 말이 맞아요. 통어할 수 없는 감정의 복받침. 그래서 여기 와서 종종 눈물을 흘리고 가는 사람들이 있다는 얘길 들었어요."

두 시간 동안 미술관 안에 있다 나는 다리가 후들거려 밖으로 나왔다. 먼저 밖으로 나와 있던 그녀는 계단에 앉아 아이스크림을 먹고 있었다. 더운 날이었다. 그녀 옆에 앉다 말고 나는 갑자기 생각이 나서 무얼 잊고 나왔다고 하며 다시 안으로 들어갔다. 그림에 정신이 팔려 그만 사람 찾는 일을 잊고 있었던 것이다.

이십여 분 후에 털레털레 밖으로 나온 나를 물끄러미 쳐다보며 그녀는 무슨 뜻인지 고개를 설레설레 흔들어댔다. 미술관 앞 가판대에서 엽서를 몇 장 산 다음 그녀와 나는 거기서 멀잖은 거리에 있다는 국립미술관으로 또 부지런히 재촉해 갔다. 의혹에 찬 눈으로 나를 눈여겨보고 있던 그녀가 슬쩍 가시가 돋친 말을 던져왔다.

"이번엔 렘브란튼가요? 거기도 기껏 들어갔다 나와서 다시 입장해야 하나요?"

국립미술관 앞에 도착했으나 대체 흥이 날 까닭이 없었다. 마침내 그녀는 표를 한 장만 끊더니 나더러 혼자 들어갔다 나오라고 했다. 전에 왔을 때 이미 다 봤다는 애기였으므로 나는 어쩔 수 없이 혼자서 안으로 들어갔다. 하지만 이번에는 한 시간도 버티고 있기가 힘들었다. 혹시나 했던 우연한 만남은 역시 거기서도 이뤄지지 않았다. 아까처럼 계단에 앉아 담배를 피우고 있는 그녀 옆에 쭈그리고 앉으며 나는 분위기를 바꿔볼 요량으로 일껏 농담을 건넸다.

"이번엔 가석방이래요."

그러나 그녀는 웃지 않았다. 그러기는커녕 선글라스를 낀 무표정한 얼굴로 중세의 섹스숍으로, 저녁을 먹은 다음에는 오대양 육대주의 여자들이 다 모인다는 일명 레드 라이트(홍등가)로 나를 마구 끌고 다녔다. 미술사학도를 찾을 생각도 그 바람에 완전히 머리에서 달아나 있었다.

그녀가 화가 나 있다는 것을 알게 된 것은 밤이 되어 레드 라이트로 들어가는 어귀의 물가 카페에 앉아 있을 때였다. 마치 아픔을 참고 있는 듯한 모습이었다. 하이네켄을 세 병짼가 마시고 났을 때 그녀가 지하에 있는 술집에 내려갔다가 잠시 후 손에 무얼 들고 비틀비틀 올라왔다. 화장실에 다녀온 줄로 알았던 나는 이윽고 그녀가 하고 있는 짓을 보고 그만 아연한 기분에 사로잡혔다. 얼결에 주위를 돌아보니 어느 탁자에서나 젊은 남녀들이 둘러앉아 열심히 종이에 풀을 말고 있었다. 그게 뭐라는 것은 짐작만으로도 충분했다. 서울에서는 아니 파리에서도 분명 금지된 일이지만 암스테르담이었으므로 나는 그녀를 말리고 자시고 할 수가 없었다. 또 말린다고 그만둘 분위기도 아니었다.

콜롬비아산 마리화나에 취한 그녀를 부축해 가까운 호텔에 든 것은 자정이 가까운 시각이었다. 심신이 극도로 피로할 때 마리화나나 아편을 하기 위해 이곳에 온다고 그녀는 혀까지 취한 소리로 내 어깨에 기대 중얼거렸다. 프런트에서 덜렁덜렁 열쇠를 받아 들고 목조계단을 통해 이층 방으로 올라오는 동안에 그녀는 뭐가 그리 재미있는지 줄곧 킬킬거리고 있었다.

"언니가 알면 기가 막혀하겠죠?"

온몸의 힘이 빠진 그녀는 제대로 씻지도 못한 채 침대 위에 풀썩 쓰러졌다. 공기를 바꾸려고 창문을 열자 가축시장 같은 레드 라이트와 아까 그녀와 앉아 있던 마리화나 카페의 밤 풍경이 한눈에 빨려들어왔다. 칸나와 맥주의 나라 네덜란드가 아니라 마약과 섹스의 도시 암스테르담에 나는 와 있었던 것이다. 금방 잠이 들었는 줄 알았던 그녀가 어느 순간인가 불쑥 침대에서 나를 불러세웠다. 나는 지레 놀란 마음으로 뒤를 돌아보았다.

언제 또 가지고 있었는지 그녀가 마리화나 한 대를 내게 내밀고 있었다.

"한번 해보지 그래요."

할 수도 있었겠지만 그 밤이 염려스러워 나는 고개를 가로저었다. 사람을 수치스럽게 한다며 그녀가 싸늘한 말로 나를 떠밀고 들어왔다.

"암스테르담인데도 안 된단 말예요?"

그녀의 눈자위는 지푸라기처럼 풀어져 있었다. 하필이면 그때 흰 셔츠 속의 불룩한 그녀 가슴이 눈에 들어왔다. 암스테르담…… 하기야…… 하지만…… 순간적으로 그 유혹에 빠져 나는 기어코 못된 소리를 했다.

"우리가 파리로 돌아가지 않을 거라면 그렇게 할 수도 있겠지."

"뭐라구요?"

내 말을 못 알아들은 것인지 그녀는 눈살을 잔뜩 찌푸리고 고개를 갸웃거렸다.

"당신이 정윤이라면 그렇게 하겠다는 거지."

이 말에 갑자기 그녀가 큰 소리로 웃어대기 시작했다. 그냥 웃는 것이 아니었다. 다른 방에 들어 있는 사람들이 다 들을 수 있을 정도의 아무 조심성이 없는 소리로 오 분을 십 분을 그야말로 미친 듯이 웃어대고 있었다. 말릴 엄두를 못 내고 그녀의 웃음이 그칠 때까지 그리고 그녀가 급기야 침대에 엎어져 울음을 터뜨릴 때까지 나는 창문가에 꼼짝도 못한 채 붙박여 있었다.

1시 가까이가 되어 그녀는 제풀에 지쳐 스르르 잠이 들어버렸다.

피로한 꿈의 새벽에, 나는 누군가 옆에서 이렇게 중얼거리는 소리를 듣고 있었다.

"당신은 그 여자를 만나지 않았고 또 만나지 못하게 될 거야."

그러나 나는 모른 척 잠을 자고 있었다.

브뤼셀에서도 그녀의 모습은 찾을 수가 없었다. 왜 그렇지 않은가. 사람이란 한번 엇갈리게 되면 좀처럼 다시 만나지기가 어렵지 않은가. 또 어쩌다 만나게 되더라도 아주 뒤늦게서야 서로 보고 싶지 않은 모습으로 우연히 부딪치게 되지 않는가.

다음날 다시 기차에 올라타 오후 4시 45분에 브뤼셀역에 내려 왕립미술관에 찾아갔으나 그때는 그야말로 모든 게 권태와 추상뿐이었다. 도시계획이 잘못된 탓으로 브뤼셀이 지금은 재건축만을 기다리는 폐허로 변해가고 있다고 그녀가 심드렁하게 말해주었다.

공원에 들어갔다 나와 파리로 돌아가는 저녁 9시 7분 기차를 기다리는 동안 그녀와 나는 역 근처의 카페에 앉아 말없이 맥주만 마시고 있었다. 파리 도착 시각은 밤 11시 5분이었다. 그리고 내일 아침 일찍 나는 리용역에서 밀라노로 가는 기차를 타야만 할 터이었다. 거기서 다시 이탈리아 국내선 기차로 갈아탄 다음 베네치아에 도착하려면 또 저녁께나 돼야 할 거였다. 이렇듯 무리한 일정에 암스테르담과 브뤼셀까지 오자고 한 까닭이 어디에 있을까를 스스로에게 물으며 나는 그녀의 지친 어깨만 내려다보고 있었다.

그래, 나는 파리에 와서 아무도 만난 일이 없고 또

아무도 만나지 못할는지 모른다. 하지만 어쨌든 나는 내일 베네치아로 갈 생각이었다. 아직은 아무것도 확인된 것이 없지 않은가.

파리까지 오는 동안 그녀는 내내 잠만 자고 있었다.

돌아온 파리는 그새 서울처럼 눈에 익어 있었다. 어쩐 일일까. 내가 며칠이나 파리에 있었다고. 그것도 건성으로 그녀의 뒤를 따라다닌 것에 불과했는데 말이다. 짐을 챙겨 들고 역사를 빠져나와 그녀와 나는 택시에 올라탔다. 16구가 어딘지 모르는 터라 그저 우멍하게 앉아 있는데 그녀가 라 데팡스로 가자고 운전사에게 말했다. 생각해보니 오늘 밤이 그녀와의 마지막이 될 것 같았다. 내일 새벽 일어나 수트 케이스를 챙기고 경비실에다 열쇠를 맡기고 리옹 역으로 가면 어느 새 파리도 마지막이었다. 택시 안에서도 그녀는 줄곧 입을 다물고 있었고 자정이 다 돼 라 데팡스에 도착했을 때서야 주저하는 소리로 겨우 이런 말을 해왔다.

"잠깐 들어갔다 가도 되겠어요?"

망설이다가 왠지 그러는 게 좋겠다 싶어 나는 고개를 끄덕거렸다. 집주인과 다름없는 사람의 청을 거절할 수가 없어서 그랬던 게 아니었다. 뭔가 서로 할 말이 있으리란 생각이 들었던 것이다. 며칠 전 나를 데리고 이곳에 왔을 때와 마찬가지로 그녀는 커튼부터 열고 그랑드 아르슈를 물끄러미 내려다본 다음 냉장고에서 포도주를 꺼내왔다.

소파에 앉자마자 그녀는 암스테르담에서의 일부터 사과해왔다. 하지만 사과라니. 따지고 보면 이쪽에서 먼저 사과를 건넨다 해도 하등 이상할 리 없었다. 그것을 그녀가 몰랐을 리 없었다. 하지만 그녀는 매우 착잡한 표정을 짓고 있었다. 심지어는 불안해 보이기까지 했다.

"돌아가면 어쩐지 암스테르담 생각이 많이 날 것 같군요."

그녀는 포도주를 홀짝거리며 대꾸가 없었다.

"이를테면 그곳에 가자고 한 이유가 있었는데 그 이유가 가끔 생각날 거라는 뜻입니다."

"그게 무슨 말예요?"

"베네치아에서 만나자고 한 사람이 누군지 저는 아직 모릅니다. 하지만 꼭 그 사람을 만나봤으면 싶군요."

그녀는 어항 속의 물고기처럼 골똘히 나를 들여다보고 있었다. 그녀의 눈에 안개와도 같은 침침한 빛이 서려 있었다. 물론 안개 뒤편의 풍경은 보이지가 않았다. 무슨 말인가를 할 듯 말 듯하다가 그녀는 자리에서 일어나 베란다로 나가 창밖을 향해 팔짱을 끼고 우두커니 서 있었다. 그런 모습이 또 마음에 걸려 나는 그녀에게로 다가갔다.

그녀는 베란다 창틀의 장미를 내려다보고 있었다.

새벽 2시가 되어 그녀가 가겠다고 했다.

"암스테르담과 브뤼셀을 다녀오느라 파리에서 많은 것들을 보지 못한 셈이에요. 하지만 이제 와서 어쩌겠어요. 그렇죠?"

뜻을 잘 모르면서 나는 그렇다는 시늉을 했다.

"그래요, 그곳에 가자고 한 이유가 분명 있었겠지요.

하지만 저는 뭔가 아쉬워요, 많이."

어쩌면 생의 또 사무친 한순간이 그때 눈앞에서 미처 손쓸 수 없이 지나가고 있었는지도 모른다. 그토록 숱한 암시의 뒤척임 속에서, 불확실한 증거의 안타까움 속에서. 그리하여 나는 축축한 새벽에 이국의 한 아파트 문간에서 그녀와 서로 눈빛을 피한 채 헤어졌다.

다시 한 번 모든 것을 잃어버린 듯한 끔찍한 느낌에 사로잡힌 채 나는 밀라노행 기차에 올라탔다. 역 구내에서 정희에게 잠깐 전화를 걸어볼까 하는 생각이 들었으나 웬일인지 그래지지가 않았다. 의자에 깊숙이 구겨앉은 채 나는 눈을 감고 파리에서의 며칠을 돌이켜보고 있었다. 어쩐지 나는 영화 세트용 가설 도시에 잠시 끌려왔다가 도로 쫓겨나는 심정이었다. 왜 나라는 존재는 늘 그곳에 무엇이 있다는 것을 알면서도 좀처럼 보지 못하고 거꾸로 없다는 걸 알면서도 반드시 있으리라 우기듯 믿고 있는 것일까.

누군가가 내 어깨를 두드려왔다. 그래, 뒤에서 누군가가. 기차가 약 한 시간쯤 남쪽으로 달려가고 있을 즈음이었다. 검표원이거니 싶어 뒤를 돌아보기도 전에 안주머니에서 여권과 승차권을 꺼내드는데 저예요, 하는 소리가 귓전에서 들려왔다. 깜짝 놀라 홱 고개를 틀어보니 청바지 차림에 헐렁한 티셔츠를 입은 그녀가 나를 내려다보며 싱글거리고 있었다.

파리에 온 다음날 노트르담 성당에서 보았고 퐁피두에서 보았고 또 이틀인가 뒤에 루브르 박물관 근처의 공원 옆 카페에서 만났고 그날 밤 전화 통화까지 했던 미술사학도였다. 까만 안경을 쓰고 있지 않았더라면 되레 몰라봤을 터이었다. 좀처럼 입을 다물지 못하고 있는 나에게 그녀는, 왜 그렇게 당황하세요? 라며 능청을 떨었다.

"유혹을 해놓고 지금 와서 발뺌을 하시는 거예요?"

유혹? 생각해보니 아니라고 할 수도 없어 나는 그제도 대꾸를 못한 채 멀뚱하게 앉아 있었다. 그녀가 손을 내밀어와 서먹하게 악수를 나누고 주섬주섬 자리에서 일어나 나는 그녀를 따라 식당칸으로 자리를 옮겼다. 옆좌석에 사업차 프랑스에 왔다가 돌아가는 이탈리아 신사가 타고 있었으므로 합석을 할 수가 없었던 것이다. 더 이상 필요가 없어진 지갑 속의 프랑스 화폐를 꺼내놓고 그녀와 나는 간단한 아침식사부터 했다.

커피를 마시며 그녀는 내게 네덜란드와 벨기에에 다녀온 얘기를 했다. 암스테르담과 브뤼셀. 흠. 그녀는 역시 그곳에 들렀다 오는 모양이었다. 하지만 나 또한 그때 그곳에 가 있었다는 말은 차마 입 밖으로 나오지 않았다. 말해봐야 믿을 리도 없겠지만 믿는다고 해도 우스운 꼴이 될 게 뻔한 일이었다. 그녀는 마그리트에 대해 먼저 얘기했고 고흐와 렘브란트를 얘기한 다음에는 역시 레드 라이트와 마리화나에 대한 말도 빼놓지 않았다. 여행지에서는 모두가 엇비슷한 경험들을 하고 다니는 것이다. 그녀의 얘기를 듣고 있는 동안에 나는 그곳의 유난히 따갑던 햇살과 자전거와 전차와 그리고 정희를 또 잠깐 떠올리고 있었다.

"예정대로 베네치아로 가시는 거예요?"

베네치아에서 하루를 묵고 다음날 로마로 가서 서울로 돌아가는 비행기를 탈 예정이었다. 베네치아에서는 서울로 가는 직항편이 없는 것이다.

"일정이 빡빡하군요."

암스테르담과 브뤼셀만 아니었더라면 그리고 예정했던 대로 파리에서 정윤을 만났더라면 그리 빡빡했을 리도 없는 일정이었다.

"베네치아에서 누굴 만난다고 그랬죠?"

"그때도 말했듯이 약속이란 건 흔히 어긋나거나 틀려질 수 있는 거 아닙니까?"

이런 말을 주고받는 사이에 기차가 프랑스와 이탈리아를 잇는 알프스 산맥으로 막 접어들고 있었다. 기차 안이 돌연 저녁나절처럼 어둑한 그늘 속에 가라앉았다.

"알고 보니 되게 시니컬하시네요. 하지만 그게 또 매력인 사람도 있죠."

오락가락한 얼굴을 하고서 그녀는 혀가 감기는 소리를 해댔다.

"잠시 후면 긴 터널을 지나게 돼요. 통과하는 데 아마 이십 분은 걸릴 거에요. 터널이 끝나면 곧 이탈리아죠."

그렇군. 설국雪國이 아니라 이탈리아로군. 그녀가 또 혀에 감긴 소리로 중얼거려왔다.

"기분이 묘해지지 않아요?"

네? 하고 얼결에 나는 그녀의 까만 안경을 마주보았다. 눈을 볼 수 없으니 표정도 읽어낼 수가 없었다.

"갑자기 사방이 춥고 적막한 것 같지 않아요?"

그때 기차가 터널 속으로 곤두박질을 치며 빨려들어갔다. 아닌 게 아니라 사위가 차가운 빛으로 변하며 적막해지려는 찰나 그녀가 내 손을 냉큼 잡아왔다.

"서둘러요. 좀 있으면 국경수비대가 여권을 검사하러 올라올 거예요."

나는 그녀의 손에 이끌려 어딘지도 모를 곳으로 더듬더듬 이끌려갔다.

한데 그녀가 나를 데려간 곳은 무슨 악연인지 이번에도 화장실이었다. 비좁은 공간에 둘이 겨우 끼어 들어가자마자 그녀는 고작해야 눈가리개에 불과할 차창의 블라인드부터 서둘러 내렸다. 그러고는 몸을 밀착해 목덜미를 껴안고 내 바지 속에다 손을 집어넣어 성기를 주물러대기 시작했다. 영락없이 이 년여 전 신촌에서의 그 상황 그대로였다. 얼결에 보니 그녀의 청바지가 벌써 아래로 내려가 있었다. 온갖 생각이 경각으로 머리를 스치고 지나가는 와중에 뭘 어쩌지를 못하고 있다가 나는 이렇게 다급히 외쳤다.

"비행기에서라면 몰라도 여기선 싫어."

그녀는 그 말을 못 알아듣고 있었다.

"비행기? 뭐 그럼 지금까지 주제넘게 임마누엘을 찾아다니고 있었던 거야?"

그와 동시에 나는 그녀의 코에 걸려 있는 까만 안경을 벗겨내려는 손짓을 했다. 그러자 그녀가 내 손을 확 걷어내며 돌연 개새끼! 라는 말을 거침없이 내뱉었다. 속이 느물거려 나는 그녀를 밀치고 밖으로 튀어나와 식당 쓰레기통에 불과 십 분 전에 먹었던 커피와 바게트를 모두 토해냈다.

밀라노까지 오는 동안 그녀는 내 앞에 다시 나타나지 않았다. 밀라노에서 베네치아로 가는 기차로 갈아탈 때까지도 그녀의 모습은 물론 눈에 띄지 않았다. 나는 헉헉 자신에게 지쳐 부들부들 몸을 떨고 있었다. 그러다 맥주를 몇 병을 들이켜고 나서 억지로 잠이 들었는가 싶었는데 눈을 떠보니 그새 어둠이 깃들인 바다 위를 지나 기차가 산타루치아 역으로 철커덕철커덕 들어서고 있었다.

사자. 유리공예. 자수. 고양이. 곤돌라. 가면. 그리고 낯모르는 사람이 하나 더 있을지 없을지. 이것이 내게는 파리와 암스테르담과 브뤼셀과 다시 파리와 밀라노를 거쳐 가까스로 도착한 베네치아였다. 역을 빠져나오니 곧바로 운하였다.

나는 운하가 보이는 역 앞 계단에 쭈그리고 앉아 어쩌면 기다림 없이 그녀를 애타게 기다렸다. 한 시간 두 시간 세 시간이 지나도 그러나 그녀는 나타나지 않았다. 나는 건너편의 성당 지붕과 비둘기와 낯선 여행객

들과 곤돌라와 카페의 테라스에 피어 있는 붉은 꽃들을 바라보고 있었다. 더 이상 기다려봐도 소용이 없다는 것을 깨닫고 나는 굳은 무릎을 풀고 이윽고 자리에서 일어났다. 그리고 테라스에 붉은 꽃들이 피어 있는 카페의 파라솔 밑에 앉아 혼자 저녁을 먹고 맥주를 한 병 마시고 담배를 피우고 공중전화 부스에 들어가 하룻밤 묵을 호텔을 예약했다.

산 마르코 광장으로 가는 길은 어둡고 침침했다. 리알토 다리를 건너 광장으로 가는 골목으로 접어들자 마침내 마음엔 차디찬 안개가 스미고 상점의 쇼윈도 안에 걸려 있는 가면들의 무표정한 형상만 자꾸 눈에 들어왔다. 그리고 그 밤의 미로를 고개 숙인 채 걸으며 나는 다시금 여로의 지친 꿈에 사로잡혀 있었다.

검은 망토에 흰 가면을 쓴 너희 빈집들이 여기 이 안개 낀 골목길을 뚜벅뚜벅 걸어다니고 있군. 때로 스치듯 만나 골목의 축축한 벽에 기대어 서로 속삭이고 있군. 그런데, 무슨 암시라도 되는 양 어떻게든 거머쥐고 싫어지는 생의 한순간이 불현듯 찾아오기라도 하면 나는 얼굴도 모르는 네게 뭐라고 하지? 해골처럼 검게 뚫려 있는 네 두 눈을 보며. 그저 네 빈집에 들어갔다가 잠깐 장미 창을 보고 나왔다고 하나? 하지만 그건 너무 늦은 뒤잖아.

산 마르코 광장에서 나는 그녀에게 전화를 걸었다. 불을 밝혀놓은 채 광장 곳곳에서는 비발디와 모차르트 따위를 연주하고 있었고 여행 온 사람들이 거기 모여 밤의 환희를 속삭이고 있었다. 파리의 16구로 전화를 하니 낯선 여자의 목소리가 튀어나왔다. 애써 마음을 가라앉히고 나는 침착한 소리로 정희를 찾았다. 그러나 그런 사람은 거기에 없다는 얘기였다. 무얼 더 묻고자 했으나 기다려주지 않고 여자는 이내 전화를 끊어버렸다. 그래서 나는 라 데팡스의 아파트로 다시 전화를 걸었다. 그러나 새벽 1시가 될 때까지 그 집은 전화를 받지 않았다.

다음날 베네치아에서 알이탈리아 편으로 로마의 레오나르도 다 빈치 공항에 도착해 서울행 비행기의 탑승 시간을 약 한 시간 남겨둔 시각에 가까스로 라 데팡스와 전화선이 연결됐다. 정희였다. 그러나 나는 그녀가 정희인지 정윤인지를 묻지 않았다. 다만 정윤이 지금 베네치아에 있기는 한 것이냐고 완곡하게 물었다. 좀처럼 그녀가 대답을 하지 않았으므로 나는 그렇다면 이 길로 곧장 파리행 비행기를 탈 것이라고 그녀를 다그쳤다. 괜한 짓을 하고 있었던가. 마지못해 그녀가 응답해왔다.

"없어요, 거기."

나는 지체없이 되물었다.

"그렇다면 파리에?"

또 시간이 많이 걸렸다.

"네."

"처음부터?"

"왜, 아시잖아요."

한참 생각하고 망설인 끝에 나는 마지막으로 그날의

그 나빴던 일에 대해 물었다. 서울을 떠나오면서 그것만큼은 어떻게든 확인하고 싶었던 것이다. 스테인드글라스의 시간에 나와 함께 있던 여자가 누구였던가를.

한숨을 푹 몰아쉬고 나서 모래가 가득 들어찬 소리로 그녀가 대꾸해왔다.

"그런 질문에 대답하는 여자는 이 세상에 아무도 없어요…… 안 그래요? 무사 나리."

대답이 돌아온 셈이었다. 그리하여 나는 짐짓 사무친 소리로 그녀에게 이렇게 말하고 있었다.

"허락해준다면 지금 당장 파리로 가리다."

단호하게 그녀가 아뇨, 라고 했다.

"그렇다면 처음부터 이럴 작정이었소?"

"아뇨, 비행기 편으로 먼저 베네치아에 가 있으려고 했어요."

그런데 왜? 라고 대뜸 물으려다 나는 그게 어리석은 질문이란 걸 깨닫고 잠자코 있었다. 손목시계를 내려다보면서 나는 그녀에게 뒷날 다시 만나자고 하려다, 왠지 그게 서로에게 더 큰 짐이 되고 상처가 될 것 같

아 끝내 입을 다물어버리고 말았다. 외롭고 고단한 침묵이 약 일 분간이나 길게 서로를 사로잡은 뒤,

그리고 그녀가 먼저 전화를 끊었다.

보딩 시간에 임박해 나는 좌석을 배정받고 수트 케이스의 꼬리표를 받고 출국심사대를 빠져나와 화장실에서 오줌을 누고 나온 다음 대기실에서 이십 분을 더 기다렸다가 이윽고 선글라스를 낀 채 로마발 서울행 대한항공 비행기에 올라탔다.

빛과 어둠, 혹은
체험과 해석의 장場으로서의 텍스트

박철화(소설가 · 문학평론가)

I. 체험의 공유

이렇게 시작하면 어떨까?

작가 윤대녕 씨를 알고 지낸 지 두 해 조금 더 되었다. 처음 만난 것은 96년 여름 전주全州의 한 상가喪家에서였다. 하지만 그 기억이 그렇게 강하게 남아 있는 것은 아니다. 그도 나도 모두 낯을 가리는 사람이라 쉽사리 서로의 가면假面, 즉 사회적 일상의 얼굴을 내려놓지 않았기 때문일 것이다. 누구의 소개였던가? 기억나지 않는다. 그날 밤 그는 문상을 간 사람들이 우우 몰려다니는 사이에 사라졌는데, 나중에 안 일이지만 택시를 타고 서울로 올라왔다고 한다. 그러니 아주 사소하고 짧은 대면이었다. 그리고 며칠 뒤 나는 학교에 적을 두고 있던 파리로 쫓기듯 돌아갔다.

무슨 빚이나 진 것처럼 그의 텍스트를 구해 읽기 시작한 것은 그때부터였다. 그 가을 파리에서 나는 혼자였고, 어쩌다 갖게 된 넓은 집은 아주 공허했다. 그 적막의 공간에 잠겨 떠도는 시간을 거스르지 않는 방법은 단풍으로 물들어가는 공원을 걷는 것, 영화관에 가는 것, 음악을 듣는 것밖에 없었다. 아니 하나가 더 있었다. 그게 바로 우리말 책읽기였다.

어떤 사람은 지금 고개를 갸우뚱할 것이다. 우리말로 된 책을 읽는다니? 하지만 그것은 사실이다. 외국어 습득에 있어서는 지진아를 면치 못하고 있던 터라 나는 일부러 몇 년 동안이나 우리말 책을 읽지 않고 있었던 것이다. 심지어는 박사과정을 끝내고 파리 주재 한국대사관에서 번역가로 아르바이트를 하고 있는 동안에도 외교 행낭을 통해 사무실로 배달되는 우리 신문을 업무상 관계된 경우를 제외하고는 아예 보지 않왔으니까. 어쨌거나 갑자기 접하게 된 우리말 책을 대하자 정신없이 빠져든 나는 속독速讀에다 난독亂讀과 발췌독을 더해 닥치는 대로 내 정신의 빈속에다 우리의 글을 퍼넣기 시작했다. 그때 모국어의 새로운 맛이란!

그래 새로움, 지금 이 표현을 쓰는 것은 바로 우리말의 감각을 이야기하기 위해서이다. 그렇게 정색을 하고 들여다본 눈으로는 윤대녕 씨의 그것이 우리 세대 최고의 수준에 올라 있었기 때문이다. 그의 텍스트는 말과 글의 결이 섬세하고 정교하게 짜맞추어져 있어 손쉬운 독서로는 잘 드러나지 않지만, 일단 그 공간 안에 들어오기만 하면 묘한 울림과 정조情調로 독자를 매혹한다. 더구나 그것들은 지나치게 서양적 혹은 현대적이지도, 그렇다고 복고적인 또는 낡은 것도 아니어서 뭐라 이름 붙이기 어려운 개성을 갖는다. 아직도 제대로 정체가 규명되지 않은 그런 특성 때문에 그의 텍스트는 늘 많은 비평언어들을 다시 끌어들여 발효시키는 90년대 우리 문학의 한 현장이 되었다. 어쨌거나 그런 경험을 통해 나는 그때까지 작가로서의 윤대녕 씨를 모르고 있던 나의 불성실에 민망함을 느꼈고, 그의 나머지 텍스트를 모두 구해 읽으며 내 모국어가 얼마나 엉망으로 녹슬어 방치되어 있었는가를 역으로 깨달았다.

그래서 그를 다시 만났을 때는 나의 심한 낯가림에도 불구하고 그에게서 생소함보다는 반가움을 먼저 느꼈던 것 같다. 만남의 계기는 시인이자 평론가인 남진우 형을 통해서 주어졌다. 윤대녕 씨가 이런저런 연유로 한동안 유럽에 나가 체류하기를 원하니 정보를 좀 주었으면 한다는 얘기였다. 그날 잘 연결이 안 되는 그의 자동응답기에 메모를 남겨두었고 며칠 뒤에 통화가 이루어졌다. 그때 마침 나는 파리에서 알고 지내던 한 후배의 제주도 별장에서 한 달가량 혼자 체류하기로 되어 있었는데, 윤대녕 씨가 같이 지낼 수 있었으면 하는 의사를 수화기를 통해 어렵게 전해왔다. 남에게 지장을 초래하지 않으려는 그의 조심스러움이 배어 있는 목소리로 말이다. 그런 반듯한 태도에 안심을 해서였는지 나는 선뜻 응낙을 했다. 내가 먼저 내려가 짐을 풀었고 일주일 뒤에 윤대녕 씨가 합류했다. 그 뒤로 정확히 두 주일 동안 우리는 모슬포의 해안도로에 면한 별장에서 서로 원고를 썼고, 틈틈이 바다를 곁에 두고 술을 마시기도 했으며, 도저히 참을 수 없는 날이면 멀리 고산의 차귀도 앞 바다나 중문의 하얏트 또는 서귀포의 파라다이스까지 가서 취하고 돌아오기도 했다.

그때 우리가 무슨 얘기를 하기도 했던가? 세상사의 말에 돌이킬 수 없는 상처를 받았다는 것, 바스러진 생을 추스르고 싶다는 것, 더 이상 사람살이의 폭력에 시달리지 않을 곳으로 가고 싶다는 것 따위의 말들은 아마도 아직 우리에게 남아 있을 객기 어린 젊음의 반증에 불과할 것이다. 설령 세상에 나가 상처를 입고 쫓겨들어온 두 마리 짐승처럼 별장에 갇혀 지낸 것이 사실이라고 하더라도. 그러니 그게 뭐 그렇게 중요하겠는가. 다만 나에게 인상적이었던 것은 그 모든 것에도 불구하고 글쓰기를 통해서만이 슬픈 운명이 구원될 수 있다는 것에 대한 확신이었다. 그것은 문청文青 시절의 순진한 낭만적 치기가 아니라, 많은 상처를 겪은 뒤에야 비로소 맞부딪치게 된 소명과도 같은 성숙한 믿음이 아니었을까 한다.

그처럼 제주도에서 함께 시간을 보내면서 그와 나는 별 허물 없는 관계를 갖게 되었다. 더 이상 번거로운 가면을 쓰고 있지 않아도 괜찮은 사이가 된 것이다. 그의 작업을 가까이에서 보기 시작한 것도 그 무렵이다. 《세계일보》에 연재 중인 소설이며, 그에게 '현대문학상'을 안겨준 「빛의 걸음걸이」의 초고 한 자락 등등. 지난해 여름 파리에서 그를 다시 만나 여행을 할 수 있었던 것도 어쩌면 모두 우리가 함께 보냈던 그 시간의 덕이었을 것이다.

그 여행은 남진우 형과 윤대녕 씨 둘이서 날 찾아오면서 시작되었다. 내가 서울 체류를 마치고 파리로 돌아간 지 한 달 뒤의 일이었다. 유럽에는 초행인 둘과 함께 20일 동안 계속된 그 여행은 열흘씩 두 시기로 나누어진다. 하나는 남진우 형과 함께 셋이서 돌아다닌 파리(라 데팡스)-암스테르담-브뤼셀-파리 여정이고, 다른 하나는 남진우 형이 귀국한 뒤 둘이서 떠난 파리-

밀라노-가르다 호수의 시르미오네-베네치아-파리로 이어진 길이다.

어쩌면 지나치게 사적私的이라고도 할 수 있을 이 여행을 언급하는 것은 바로 이 여정이 지금 여기서 다루고자 하는 『장미 창』 텍스트의 행로를 그대로 보여주기 때문이다—그가 《세계일보》에 연재를 끝내고 최근에 간행한 『달의 지평선』에도 이 여로旅路가 많이 녹아들어가 있다—. 그리고 나는 그 길 위에서 그에 대한 인간으로서의 우정과 작가의 창작 체험을 나누어 갖는 좋은 기회를 갖게 되었다. 두 마리 토끼를 한꺼번에 다 쫓을 수 있었던 것이다.

그래서 지금 이 책의 간행 계약이 이루어지던 자리에서—그날 마침 나는 동료 작가 배수아 씨와 함께 현장에 있었다—윤대녕 씨가 발문 겸 해설을 부탁했을 때, 나는 흔쾌히 응하지 않을 수 없었다. 어쩌면 이 『장미 창』 텍스트에 관한 한 내가 가장 가까이에서 비밀을 본, 심지어는 제공한 사람이라는 그의 생각과, 그것을 대신 말해주었으면 하는 바람은 나로서도 우정의 고마

운 표현이었기 때문이다.

나는 그래서 텍스트의 해석이라는 질곡桎梏을 가능한 한 행복한 추억으로 대체하면서 그의 우정에 답해 보기로 하였다.

II. 텍스트—체험과 해석의 장

문학 텍스트에서 체험이란 해석을 전제로 하는 것이다. 이러한 관점에서 체험과 상상력의 결합으로서의 문학작품에 대한 이해를 위해 체계적인 해석 방법론을 탐구했던 선구적인 인물은 독일 철학자 빌헬름 딜타이 Wilhelm Dilthey이다. 1905년 그의 인생의 마지막 황혼기에 간행한 저서 『체험과 문학Das Erlebnis und Die Dichtung』에는 자신의 사유를 집약하여 문예학 방법론을 만들어보고자 했던 한 철학자의 노력이 고스란히 담겨 있다. 그것은 물론 자신의 철학적 해석학의 연장선에 서 있는 것이지만, 동시에 그것의 가장 구체적이고도 생생한 예증이기도 하다.

물론 이 자리가 그러한 딜타이의 방법론을 원용하려

는 공간은 아니다—그것은 비평가의 몫이라기보다는 학자의 몫이다—. 단지 문학 텍스트의 해석에 있어 작가적 체험을 공유하는 일이 아무런 의미도 갖지 못한 사적私的인 우연만은 아니라는 것을 지적하고 싶은 것이다. 이런 경우에 있어 나로서는 그래서 오히려 텍스트에 나타난 체험의 해석이라는 것을 아래의 세 가지 면으로 말해보고 싶다. 우선은 창작 심리학이며 그다음은 세대론이고 마지막으로 시대적 맥락이다. 물론 그 셋은 배타성의 변별적 범주가 아니라 오히려 서로 얽히며 녹아드는 다중多重 조명과도 같다.

창작 심리학은 개인성 혹은 주관성의 범주이다. 일상의 많은 시·공간적 질료 가운데 작가는 왜 어떤 것을 선별적으로 텍스트화했는가, 그리고 어떻게 텍스트 속에다 풀어내는가가 바로 그것이다. 그것은 한 작가의 고유한 개성이 어디서 발원하는가를 보여준다. 그에 반해 세대론이라고 말하는 것은 집단성의 범주이다. 텍스트 속에서 작가의 체험을 뒤지다보면 어떤 문화적 코드가 나타나고, 그것을 받아들이는 감수성이 동세대 작가들의 체험과는 어떤 연관을 가지는가 하는 문제가 제기된다. 그것은 윤대녕 씨와 나의 경우에 있어서는 자연스럽게 동세대 해석자의 그것과는 어디서 만나고 헤어지는가의 문제로 전이된다. 끝으로 시대적 맥락이란 단순한 실제적 체험이라기보다는 그 체험을 텍스트로 녹여내는 당대의 보편적 상상력의 구조를 의미한다. 예를 들면 윤후명의 「하얀 배」, 조성기의 「모젤 강가의 마르크스」, 정찬의 「슬픔의 노래」, 최윤의 「하나코는 없다」 등등 90년대에 두드러진 '여로형 소설'을 가능케 한 정신적 · 사회적 맥락은 무엇인가, 그것은 6, 70년대 한국문학의 주된 흐름이었던 김승옥이나 김원일의 '귀향 소설'과는 어떻게 다른가 따위를 묻는 일이다.

물론 이 자리가 그러한 문제를 다루려는 곳은 아니다. 나는 그것들을 한편에다 미래의 숙제로 열어놓고, 대신 이 작품 『장미 창』에 나타난 윤대녕적的 요소만을 몇 가지 지적하는 것으로 이 글을 맺겠다.

III. 생의 또 사무친 한순간

한 남자가 한 여자를 만나러 나섰다. 평범한 이야기이다. 이 말에 폄하의 의미가 없다는 것을 덧붙여야 하겠다. 우리의 일상이 다 통속이고 평범한 것이니까. 중요한 것은 너무나 익숙한 일상의 이야기 속에서 무엇을 어떻게 길어내느냐이다. 보들레르식으로 말하자면, 주어진 것들 속에서 '정수精髓, quintessence'를 추출하는 것. 그는 『악의 꽃』 마지막 시 「에필로그」를 이렇게 맺는다.

> 너는 나에게 진흙을 주었고 나는 그것으로 황금을 만들었다.

글쓰기란 그래서 또 다른 생을 만드는 연금술과도 같은 것이다. 윤대녕으로 보자면, 그 남자는 그 여자를 만났으되 만나지 못한 것, 만나지 못했으되 결국은 만난 것, 그 마주침과 엇갈림의 순간, 바로 그것이 글쓰기이다.

"어쩌면 그 여자였는지 모른다."

『장미 창』의 첫 번째 문을 열자마자 텍스트는 불확실한 기운으로 가득하다. 마치 카뮈의 『이방인』의 첫 문장을 연상시키는 묘한 에너지. 카뮈는 이렇게 적었다. "오늘 엄마가 죽었다. 혹은 어쩌면 어제였는지도 모른다." 물론 그 둘 사이의 불확실성은 차이가 있어 보인다. 카뮈의 그것이 일상을 규제하고 있는 시간성을 뒤흔들면서 그 단선적 시간으로 상징되는 시대와 사회의 획일적 모럴과 통념을 불확실성 속에 빠뜨리고 있다면, 윤대녕은 대상의 정체성에 대한 의문을 제기하면서 슬쩍 그러한 대상을 찾아나선 주체의 흔들림을 암시하는 것처럼 보이기 때문이다. 하지만 뒤집어 생각하면 카뮈는 그 시간성의 불확실함을 통해 그것을 굳건한 실체로 믿고 있는 인간 존재의 불합리함, 불투명성을 말하고 있고, 윤대녕은 존재의 흔들림 속에서 "거머쥐고 싶어지는 생의 한순간", 즉 절대적인 시간을 희구하고 있다. 결국은 그렇게 만나는 것이다.

소설의 구성이라는 차원에서 보자면 그 불확실함 때

문에 마치 미스터리 사건 속으로 빠져드는 듯하다. 아닌 게 아니라 작중 인물의 입을 빌려 작가 자신이 이렇게 말하고 있지 않은가. "수수께끼를 풀고 있는 기분이네요." 이러한 면모는 윤대녕에게 있어 그다지 새로운 것은 아니다. 그를 일약 90년대 문학의 절정에 올려놓은 몇몇 단편들과 첫 장편 『옛날 영화를 보러 갔다』에서 이미 우리는 그것을 본 적이 있고, 『추억의 아주 먼 곳』에서도 익히 확인한 것이기 때문이다. 윤대녕스런 집요함이랄까, 탐구의 깊이라고 할까? 어쨌든 텍스트의 그러한 불확실성은 아직도 끝나지 않았다. 작중의 혼잣말처럼 "아직은 아무것도 확인된 것이 없지 않은가."

불확실성은 자연스럽게 우발성偶發性과 손을 잡는다. 작가는 묻는다. "왜요, 실은 누구나 우발에 거는 기대로 겨우겨우 살아내고 있는 거 아녜요?" 물론 생이 좀 더 굳건한 것이라고 믿고 싶어하는 사람들에겐 '착잡한 얘기'다. 하지만 대상과 자아의 정체성이 모두 흔들리고 있는 상황에서 시간이라고 자신의 길을 단절 없이 균일하게 흘러가지는 못한다. 어느 순간, 절애絶崖의 암석이 자신의 생의 깊이와 나이와 색채를 나신裸身으로 드러내듯 생은 스스로를 베어 살과 피의 진실을 드러내 보인다.

그것은 '외로운 섬광'처럼 찰나일 뿐이다. 하지만 그 순간의 진실은 우주만큼이나 아름다운 것, 무섭지만 황홀한 것. 불확실한 일상 속에서 확실하게 추구할 수 있는 것이란 따라서 일상의 이면에서 순간적으로 드러나는 아직 이름 붙여지지 않은 진실의 아름다움뿐이다. "어느 눈 내리는 새벽의 한갓 기묘한 꿈이었던 양." 그것이 찰나의 순간이었기에 그리고 모든 것은 다시 불확실성 속으로 뒤섞이기에 다시 한번 확인하고 싶은 것은 당연한 욕망이다.

그녀를 만나면 알아볼 수 있을까. 그러나 어쩐지 나는 그럴 자신이 없었다. 또 알아본다고 해도 마주 앉아 도대체 무슨 얘기를 주고받을 것인가. 하지만 아주 잠깐만이라도 나는 그녀를 만나 그날의 일을 조심스럽게 확인하고 싶었다. 그것은 아무 일도 아닐 수 있겠지만 달리 생각하면 밤하늘에 떠 있는 별이 서로 광막한 시간대를 비껴가다 우연히 충돌한 일만큼이나 우주적 사건에 속하는 일이랄 수도 있었다. 의미를 부여하기에 따라서는 얼마든지 그렇지 않은가.

윤대녕의 텍스트는 그런 우발성의 부사적副詞的 세계이다. 우선은 여인과의 만남이 그러하다. "그런 곳에서 만났다는 뜻입니다. 아주 잠깐 동안 **우발적으로**.*" 장소 또한 상징적이다. "**이상하게** 저는 스테인드 글라스가 있는 곳에서 사람을 만나곤 합니다." 스테인드글라스? 그것이 자신의 정체성을 회복하는 순간이란 환하게 쏟아지는 빛이 있을 때뿐이다. 결국 작가의 무의식은 빛 속에서 드러나는 진실의 얼굴을 보고 싶은 것, "스테인드글라스의 시간"을 거머쥐고 싶은 것이다.

* 이후로 굵은 글씨로 강조한 단어들은 모두 필자가 한 것이다.

"무슨 암시라도 되는 양 어떻게든 거머쥐고 싶어지는 생의 한순간이 **불현듯** 찾아오기라도 하면 나는 얼굴도 모르는 네게 뭐라고 하지?" 이처럼 '우발적으로', '이상하게', '불현듯'과 같은 부사는 우리들의 일상을 덮고 있는 가면의 확실성, 다시 말해 균일한 시간이라는 합리적 인과율을 뒤흔드는 윤대녕 텍스트의 표정이다.*

"오, 검은 망토에 흰 가면들을 쓰고 배회하는 너희 빈집들."

권태로운 일상과 우발적으로 드러나는 '한순간'의 대비는 '가면'과 맨얼굴, 즉 "면상"의 대립을 낳는다. 우선 작중 화자가 문제의 여자를 만나는 장소 자체가 문제적이다. "터놓고 얘기하면 각자 가면을 벗어놓고

* 김동식은 《세계의 문학》 97년 겨울호 좌담에서 90년대 문학과 이전 시대의 문학을 구분짓는 한 경향으로서 '우연성'을 언급한 적이 있다. 재미있는 지적이다. 만일 그의 '우연성'을 사실주의의 합리주의적 인과율을 벗어나는 것이라고 넓혀 해석할 수 있다면, 윤대녕의 텍스트는 미학적인 차원에서 그와 같은 경향을 가장 고전적으로 보여주는 예라고 할 수 있겠다.

만나도 별 탈이 없을 사람들이" 모이는 자리였던 것이다. 하지만 그녀만은 마지막까지 가면을 벗지 않는다. 스테인드글라스에 비추어진 빛만큼이나 찰나의 순간에 자신의 몸을 열어 남자를 안으면서도 그녀는 맨얼굴을 드러내기를 거부한다. 유혹하는 그녀에게 기왕 그럴 거면 호텔로 가자고 청하는 남자의 말을 듣고 그녀는 다시 이렇게 답한다. "그럴 거였으면 진작에 청했을 거예요. 꼭 내 면상을 벗겨야 속이 시원하겠어요?" 작중 화자에게 그녀는 '가면'이라는 표지를 달고 끝까지 문제인물로 남은 것이다. 그녀의 정체를 밝힐 단서란 하늘색 매니큐어가 다이다.

그래. 자리가 파할 때 보니 남아 있던 여자 중에 하늘색 매니큐어는 없었다. 일행은 저마다 탁자 위에 벗어놓았던 가면들을 슬그머니 찾아 쓰고 날이 다 밝은 뒤에야 그곳을 빠져나와 8시에 해장국집 앞에서 뿔뿔이 흩어졌다.

그런데 그녀를 찾아가는 장소 또한 문제적이다. "곤돌라와 가면의 도시" 베네치아이기 때문이다. 따라서 그녀를 만날 수 있을는지는 마치 안개 속을 떠돌아다니는 가면들처럼 여전히 불확실함 속에 가리어 있다.

거긴 가면의 도시니까 서로를 알아보기가 힘들 거란 얘깁니다.

그것은 다른 한 여자의 경우도 마찬가지이다. 노트르담 성당에서 본 검은 옷의 여자. 문제가 된 여자 정윤鄭允의 한 분신이기도 한—그녀가 성性으로 매개되기 때문인데, 내적 욕망 속에서 다른 한 분신은 동생으로 분장한 정희鄭熙다. 실제로 정희의 암시적 유혹에도 불구하고 작중 화자는 육체관계를 거부하며 둘 사이의 성적 접촉은 일어나지 않는다. 그러니 정윤은 결국 그 둘을 한몸에 구현하고 있는 '이중적 자아double'로서의 문제적 인물인 것이다—그녀는 계속 작중 화자의 주변을 맴돌지만 단 한 번도 '까만 안경', 즉 선글라스를 벗지 않는다. 그것은 '가면'이나 마찬가지인 것이다. 그래서 작중 화자가 그녀의 정체를 확인하고 싶어 안경을 벗기려 하자 그녀는 강하게 반발한다.

> 그와 동시에 나는 그녀의 코에 걸려 있는 까만 안경을 벗겨내려는 손짓을 했다. 그러자 그녀가 내 손을 확 걷어내며 돌연 개새끼! 라는 말을 거침없이 내뱉었다.

가면이 권태의 일상을 상징하고 있다면, 그것을 벗는 일은 동시에 유혹이자 공포이다. 누구나 맨얼굴을 마주한 완전한 이상적 관계를 꿈꾸지만 그것은 쉽지 않은 대신, 방패막이 사라진 얼굴 위로 생의 고통이 매섭게 할퀴고 지나가기 때문이다. 후기산업사회적 익명성의 안과 밖을 섬뜩하게 보여주는 이 '가면'은 작가의 표현을 빌자면 "비빔밥 문화"에서 살아남기 위해 사람들이 악착같이 가져다 쓰는 것이다. "잠깐의 우발적인 상황에서만 슬쩍슬쩍 (……) 벗어놓고" 말이다. 그 점을 동생으로 분장한 정희의 입을 빌어 정윤이 고백하고 있다.

> 결국 언니는 누구보다 단단한 가면을 쓰고 살아야만 했죠. 얼굴을 한번 보여주고 나면 누구라도 함부로 달려들어 벌집을 만들어놓을 거라는 공포 때문에 말예요.

'까만 안경'의 여자도 마찬가지이다. "전화를 끊기 전 그녀는 언제 또 우연히 만날 수 있었으면 한다고 했다. 우연히란 말에 그녀는 유독 악센트를 주고 있었다." 즉, '검은 옷의 여자' 또한 그런 우발적인 상황을 원하면서도 막상 그 시간이 오면 스테인드글라스 창이 있는 신촌의 화장실에서 정윤이 그러했던 것처럼 가면을 벗기를 거부하는 것이다. 그래서 텍스트는 한여름 서유럽의 투명한 빛과 열기에도 불구하고 음울한 비관적 분위기에 휩싸인다.

"어쩌면 그걸 찾기 위해 여기 왔는지도 모르죠."

윤대녕은 '한순간', 어떤 절대적인 시간을 찾고 있다고 앞에서 말했다. 이 텍스트 안에서는 그 시간을 대변하는 것이 여자이다. 그는 "스테인드글라스의 시간에 나와 함께 있었던 여자가 누구였던가를" 찾고 있는 것이다. 이처럼 그의 소설세계의 특징인 '추적'은 여기서도 반복된다. "생의 또 사무친"에서의 '또'라는 부사나 "되찾고"의 '되-'와 같은 접두사가 아무런 맥락 없이 등장하는 『장미 창』 또한 추적의 글쓰기인 것이다. 아직 아무것도 밝혀지지 않았다는 불확실성, 어느 순간에 갑작스럽게 계기가 주어지는 우발성 그리고 숨김과 드러남의 가면이 필요했던 것도 그러한 이유에서이다. 그 모든 장치들이 추적을 위한 에너지원源인 것이다.

"되찾고 싶은 생의 한순간 혹은 그것의 희미하고 찬란한 무늬."

"그런 생의 순간이 있었어요?"

"어쩌면 그걸 찾기 위해 여기 왔는지도 모르죠."

그런데 뒤집어보면 그래도 그가 찾는 것은 여자라기 보다는 시간인 것 같다. 사실 여기서 이 작품의 재미가 나타나는 것이기도 한데, 명민한 독자라면 이미 동생 정희가 바로 작중 화자가 만나기로 되어 있는 정윤임을 알아차렸을 것이다. 그러니 아무리 순진한 작중 화자라 하더라도 그 눈치를 못 채지는 않았을 터. 다음과 같은 문장을 보면 그 점을 알 수 있다. "가령 이탈리아에 가 있다는 그녀, 정윤이 어쩐지 내 주위를 맴돌고 있다는 생각이 한순간 뇌수를 찌르고 지나갔던 것이다." 그것은 '까만 안경'의 경우에도 마찬가지여서 경이롭게도 그녀가 정윤일 수도 있는 것이다. 비밀스런 순간의 진실을 알고 있을지도 모르기 때문에.

> 하지만 내가 거기 화장실에서 사람을 만났다는 걸 그녀는 모르고 있을 것이다. 아니, 혹시 알고 있는가?

그리하여 작가는 마치 게임을 하듯 진실의 얼굴을 찾아나선 이 탐색과 추적으로 하여금 독자들의 조급한 호기심을 유예시키도록 하면서 흥미를 더하도록 만든다. 해결의 순간에도 그 진실을 비껴가는 작중 화자의 모습에서 우리는 의외로 텍스트의 진실이 단순하지 않다는 것을 발견한다. 윤대녕으로서는 안이한 해결 자체가 문제가 아니라 탐색과 추적의 과정 자체가 진실이기 때문이다. 그것은 맨얼굴의 마주침과 엇갈림의 순간을 받아들이는 용기의 진실이다.

> 어쩌면 생의 또 사무친 한순간이 그때 눈앞에서 미처 손쓸 수 없이 지나가고 있었는지도 모른다. 그토록 숱한 암시의 뒤척임 속에서, 불확실한 증거의 안타까움 속에서. 그리하여 나는 축축한 새벽에 이국의 한 아파트 문간에서 그녀와 서로 눈빛을 피한 채 헤어졌다.

그래서 마침내 정희가 정윤임을 확인한 순간에도 작가는 작중 화자로 하여금 정윤이 있는 파리로 가서 맨얼굴을 확인하는 대신 가면假面, 즉 "선글라스를 낀 채 로마발 서울행 대한항공 비행기에 올라" 타도록 한다.

"허락해준다면 지금 당장 파리로 가리다."

단호하게 그녀가 아뇨, 라고 했다.

"그렇다면 처음부터 이럴 작정이었소?"

"아뇨, 비행기 편으로 먼저 베네치아에 가 있으려고 했어요."

그런데 왜? 라고 대뜸 물으려다 나는 그게 어리석은 질문이란 걸 깨닫고 잠자코 있었다. 손목시계를 내려다보면서 나는 그녀에게 뒷날 다시 만나자고 하려다, 왠지 그게 서로에게 더 큰 짐이 되고 상처가 될 것 같아 끝내 입을 다물어버리고 말았다. 외롭고 고단한 침묵이 약 일 분간이나 길게 서로를 사로잡은 뒤,

그리고 그녀가 먼저 전화를 끊었다.

IV. 남은 몇 마디

이러한 윤대녕적 요소들에도 불구하고 『장미 창』이

다른 윤대녕 씨의 작품들보다 특별히 뛰어나다고 말할 수는 없다. 그런데 어쨌든 텍스트의 매력은 앞에다 깔았으니 몇 가지 흉을 보아도 될까?

우선 정보의 부정확. 파리 서북쪽의 신도시 '라 데팡스'나 그것의 상징물 '라 그랑드 아르슈'에 대한 설명은 오류이다. 브뤼셀의 도시계획에 대한 설명도 틀린 것이다. 내친김에 이상의 오류에다 하나 더하자. 저녁 6시에 공항을 나와 샹젤리제 거리의 주차장에 차를 세우고 카페에 앉는 시각이면 대략 7시이고, 베네치아에 도착하여 세 시간을 기다리다 일어나 혼자 카페 테라스에 가서 저녁을 먹고 호텔 예약을 하고 리알토 다리를 건너 산 마르코 광장으로 가려면 산타 루치아 역에 최소한 저녁 6, 7시 이전에 도착했을 것이다. 아침 8시 12분에 파리 리옹 역에서 밀라노행 기차를 탔으니 밀라노에서 다시 베네치아행 열차를 갈아타는 시간을 감안하여 계산해도 대략 그 시간이다. 그런데 프랑스나 이탈리아와 같이 서머타임이 적용되는 서유럽의 여름에는 그 시간이면 저녁 햇살이 가득하여 어둠은 찾아

볼 수 없다. 그런데 작가는 거리에 "어둠이 내"리거나, 바다 위로 "어둠이 깃"드인다고 묘사하고 있다. 날이 흐리거나 비가 오지 않는 한 그럴 가능성은 없다. 하지만 그런 날이면 새삼스럽게 어둠이 내리거나 깃들일 이유는 없는 것이다. 하지만 이런 사소한 것들이야 무슨 중요성이 있겠는가. 소설이란 정보의 전달이 아닌 것을.

그다음은 인물 설정의 어색함. '까만 안경'의 여자로 인해 텍스트가 환상적인 것도, 그렇다고 미스터리도 아닌 어중간한 성격을 떠맡게 된 것은 아닌지. 특히 텍스트의 마지막 부분, 국경을 넘는 열차에서의 그녀의 등장과 이후의 상황전개는 극적인 효과는 있으되 조금은 작위적이라는 느낌을 지우기 어렵다. 우연성의 효과만큼이나 개연성이 떨어지는 것이다.

그리고 마지막으로 베네치아에 대해서. 토마스 만의 원작을 바탕으로 비스콘티 감독이 만든 〈베니스에서의 죽음〉이 우리나라에 어떻게 소개됐는지는 잘 모르겠다. 하지만 텍스트의 맥락과 이 영화에 대한 언급은 거의 아무런 연관이 없다. 그래서일까? 작중 화자가 특별한 계기 없이 "문득" 파리로 왔고, 정윤을 만난 뒤에 이탈리아를 여행할 계획이었다고 하더라도 그가 베네치아로 가는 심정의 절절함은 쉽사리 설명되지 않는다. 90년대의 우리 문학은 세 개의 베네치아를 갖고 있는데, 다른 둘, 즉 최윤의 「하나코는 없다」나 조용호의 「베니스로 가는 마지막 열차」에서 나타난 베네치아 행行 여로의 절실함이 성性으로 관계가 매개된 『장미창』에서는 보이지 않는 것이다. 그의 성性에는 죽음의 그림자가 없다. 그렇다면 단순히 '가면'을 말하기 위한 소설적 장식 혹은 문화적 기호에 불과한 것이었을까? 그렇다고 보기에는 텍스트 안에서 베네치아가 차지하고 있는 비중이 지나치게 무겁다. 하지만 어쩌랴, 우리들 모두는 그 도시에 처음으로 간 것을.

정말 중요한 점은 그 모든 것에도 불구하고, 생의 "외롭고 고단한 침묵"에 아파하는 자가 희구하는 "되찾고 싶은 생의 한순간"이 베네치아라는 퇴락의 도시와 어울리며 쓸쓸한 아름다움을 발하고 있다는 사실이다. 그리하여 결국은 그 '한순간'마저 유예시키는 침묵을 한 자락씩 말로 옮기고 있는 그를 사랑하고 쫓아가지 않을 수 없다. 그런 점에서 『장미 창』에 나타난 돌발적이면서도 쓸쓸한 추적의 여정은 지난 시절의 꿈을 상실한 90년대적 일상과 90년대적 인물의 문학적 상징으로 볼 수 있겠다. 스테인드글라스 장미 창의 휘황한 빛 저편에 어둠처럼 드리워져 있는 우리들의 슬픈 운명은 서울이든, 파리든, 밀라노 혹은 베네치아든 어느 곳에서나 반복되는 것. 그리고 삶은 오래 지속된다.

다시 한 번 모든 것을 잃어버린 듯한 끔찍한 느낌에 사로잡힌 채 나는 밀라노행 기차에 올라탔다. 역 구내에서 정희에게 잠깐 전화를 걸어볼까 하는 생각이 들었으나 웬일인지 그래지지가 않았다. 의자에 깊숙이 구겨앉은 채 나는 눈을 감고 파리에서의 며칠을 돌이켜보고 있었다. 어쩐지 나는 영화 세트용 가설 도시에 잠시 끌려왔다가 도로 쫓겨나는 심정이었다. 왜 나라는 존재는 늘 그곳에 무엇이 있다는 것을 알면서도 좀처럼 보지 못하고 거꾸로 없다는 걸 알면서도 반드시 있으리라 우기듯 믿고 있는 것일까.

지은이 윤대녕

1962년 충남 예산에서 태어났으며, 단국대학교 불문학과를 졸업하였다. 1990년 《문학사상》으로 등단한 이후 창작집 『은어낚시통신』 『대설주의보』 『남쪽 계단을 보라』 『누가 걸어간다』 『제비를 기르다』 『많은 별들이 한곳으로 흘러갔다』 등을 펴냈으며, 장편소설로는 『옛날 영화를 보러 갔다』 『추억이 아주 먼 곳』 『달의 지평선』 『코카콜라 애인』 『사슴벌레 여자』 『미란』 『눈의 여행자』 『호랑이는 왜 바다로 갔나』 등이 있다. 1994년 제2회 오늘의 젊은 예술가상, 1996년 제20회 이상문학상, 1998년 제43회 현대문학상, 2003년 제4회 이효석문학상, 2007년 제1회 김유정문학상 등을 수상하였다.